T0101824

Contemporánea

George Orwell (Motihari, India, 1903 - Londres, 1950), cuyo nombre real era Eric Blair, fue novelista, ensayista y periodista. Su corta vida resume muchos de los sueños y pesadillas del mundo occidental en el siglo XX, que también quedaron reflejados en su extensa obra. Nació en la India británica en el seno de una familia de clase media; estudió con una beca en el exclusivo colegio de Eton; sirvió en la Policía Imperial en ultramar (*Los días de Birmania*, 1934); volvió a Europa, donde vivió a salto de mata (*Sin blanca en París y Londres*, 1933); se trasladó a la Inglaterra rural y se dedicó brevemente a la docencia (*La hija del clérigo*, 1935); trabajó en una librería de lance (*Que no muera la aspidistra*, 1936); trabó conocimiento directo de la clase obrera inglesa y la explotación (*El camino a Wigan Pier*, 1937); luchó contra el fascismo en la guerra civil española (*Homenaje a Cataluña*, 1938); vislumbró el derrumbe del viejo mundo (*Subir a respirar*, 1939); colaboró en la BBC durante la Segunda Guerra Mundial; se consagró en el *Tribune* y el *Observer* como uno de los mejores prosistas de la lengua inglesa (entre su producción ensayística cabe destacar *El león y el unicornio y otros ensayos*, 1941); fabuló las perversiones del estalinismo (*Rebelión en la granja*, 1945) y advirtió sobre los nuevos tipos de sociedad hiperpolítica (*1984*, 1949). A pesar de su temprana muerte, llegó a ser la conciencia de una generación y una de las mentes más lúcidas que se han opuesto al totalitarismo.

George Orwell

Rebelión en la granja

Prefacio de
George Orwell

Traducción de
Marcial Souto

DEBOLS!LLO

Papel certificado por el Forest Stewardship Council®

Título original: *Animal Farm*

Primera edición en este formato: abril de 2022

Diseño de la cubierta: Penguin Random House Grupo Editorial / Sergi Bautista

Printed in Spain – Impreso en España

ISBN: 978-84-663-6234-4
Depósito legal: B-3.060-2022

Compuesto en Comptex & Ass., S. L.
Impreso en Rotoprint by Domingo, S. L.
Castellar del Vallès (Barcelona)

P 3 6 2 3 4 4

Índice

Prefacio

La libertad de prensa

Concebí por primera vez la idea central de este libro en 1937, pero no lo escribí hasta finales de 1943. Una vez escrito, fue evidente que sería muy difícil lograr que se publicara (a pesar de la actual escasez de libros que garantiza que cualquier cosa descriptible como libro «venda»), y de hecho fue rechazado por cuatro editoriales distintas. Solo una de ellas lo hizo por motivos ideológicos. Dos llevaban años publicando obras antisoviéticas y la otra no tenía un color político claro. Otro editor aceptó de entrada el libro, pero tras hacer los preparativos iniciales decidió consultarlo con el Ministerio de Información, que parece haberle prevenido, o al menos aconsejado en contra de su publicación. He aquí un extracto de su carta:

> He aludido a la reacción que obtuve de un importante funcionario del Ministerio de Información a propósito de *Rebelión en la granja.* Debo confesar que la opinión que expresó me ha dado mucho que pensar... Ahora veo que podría ser un error publicarlo en el momento actual. Si la fábula tratase de los dictadores y las dictaduras en general no habría problemas en su publicación, pero, tal como veo ahora, sigue de un modo tan exacto el progreso de los ru-

sos soviéticos y de sus dos dictadores que solo puede aplicarse a Rusia y no a las demás dictaduras. Una cosa más: resultaría menos ofensiva si la casta dominante en la fábula no fuesen los cerdos.* Creo que la elección de los cerdos como casta dominante ofenderá sin duda a mucha gente, y en particular a cualquiera que sea un poco susceptible, como sin duda son los rusos.

Cosas así no son un buen síntoma. Obviamente no es deseable que un departamento gubernamental tenga capacidad censora (salvo en casos concernientes a la seguridad, a lo que nadie se opone en tiempo de guerra) sobre libros no subvencionados oficialmente. Pero el principal peligro para la libertad de expresión y de pensamiento en este momento no es la injerencia del Ministerio de Información o de cualquier otro organismo oficial. Si los editores se esfuerzan en no publicar libros sobre determinados asuntos, no es por miedo a ser procesados, sino por temor a la opinión pública. En este país la cobardía intelectual es el peor enemigo al que tiene que enfrentarse un escritor o periodista, y ese hecho no parece haber recibido la atención que merece.

Cualquier persona ecuánime con experiencia periodística admitirá que durante esta guerra la censura oficial no ha sido demasiado quisquillosa. No hemos sido sometidos a la «coordinación» totalitaria que habría sido razonable esperar. La prensa tiene algunos motivos de queja justificados, pero en conjunto el gobierno se ha comportado bien y ha sido sorprendentemente tolerante con las opiniones

* No queda claro si esta propuesta de modificación fue idea del señor..., o tuvo su origen en el Ministerio de Información, aunque parece tener cierto tono oficial. (*N. del A.*)

minoritarias. Lo siniestro de la censura literaria en Inglaterra es que en su mayor parte es voluntaria. Las ideas impopulares pueden silenciarse, y los hechos inconvenientes mantenerse en la oscuridad, sin necesidad de prohibición oficial. Cualquiera que haya vivido lo bastante en un país extranjero conocerá ejemplos de noticias que habrían merecido grandes titulares y que la prensa británica decidió silenciar, no debido a la intervención del gobierno, sino a un acuerdo tácito general de que «no convenía» aludir a ese hecho concreto. Por lo que se refiere a los diarios, es fácil de entender. La prensa británica está muy centralizada y la mayor parte se halla en manos de personas adineradas que tienen todo tipo de motivos para no ser honrados respecto a ciertas cuestiones de importancia. Pero la misma censura velada funciona también en los libros y las revistas, igual que en las obras de teatro, la radio y las películas. En cualquier momento determinado hay una ortodoxia, una serie de ideas que se considera que las personas biempensantes aceptarán sin discusión. No es que esté prohibido decir esto, aquello o lo otro, sino que «no se hace», igual que en plena época victoriana aludir a los pantalones en presencia de una dama era algo que «no se hacía». Cualquiera que desafíe la ortodoxia dominante se ve silenciado con una eficacia sorprendente. Casi nunca se presta atención a una opinión pasada de moda, ni en la prensa popular ni en las revistas intelectuales.

En este momento lo que exige la ortodoxia dominante es una admiración acrítica de la Rusia soviética. Todo el mundo lo sabe y casi nadie hace nada al respecto. Cualquier crítica seria del régimen soviético, cualquier revelación de algún hecho que el gobierno soviético preferiría mantener oculto es prácticamente impublicable. Y esta conspiración a escala nacional para complacer a nuestro aliado ocurre, curiosamente, contra un fondo de auténtica tolerancia intelectual. Pues, aunque uno no pueda criticar al gobierno soviético, al menos tiene relativa libertad para criticar el nuestro. Casi nadie publicará un ataque contra Stalin, pero resulta bastante seguro atacar a Churchill, al menos en libros y revistas. Y a lo largo de los cinco años de guerra, dos o tres de los cuales hemos combatido por la supervivencia nacional, se han publicado sin la menor intromisión por parte del gobierno incontables libros, panfletos y artículos en defensa de un acuerdo de paz. Es más, su publicación no ha despertado el menor rechazo. Siempre que el prestigio de la URSS no se viera comprometido, se ha respetado razonablemente el principio de la libertad de expresión. Hay otros asuntos prohibidos y enseguida aludiré a algunos de ellos, pero el síntoma más grave es la actitud ante la URSS. Es, por así decirlo, espontánea y no se debe a la acción de ningún grupo de presión.

El servilismo con que la mayor parte de la intelectualidad inglesa se ha tragado y ha repetido la propaganda rusa desde 1941 resultaría sorprendente si no fuese porque ya se ha comportado así en otras ocasiones. En una cuestión controvertida tras otra se ha aceptado el punto de vista ruso sin discusión ninguna y se ha publicado con total desprecio por la verdad histórica o la decencia intelectual. Por citar solo un ejemplo, la BBC celebró el veinticinco aniversario del Ejército Rojo sin aludir a Trotski, lo cual es tan exacto como conmemorar la batalla de Trafalgar sin citar a Nelson, pero no despertó ni una sola protesta entre la intelectualidad inglesa. En las luchas internas en los diversos países ocupados, la prensa inglesa se alineado en casi todos los casos con la facción apoyada por los rusos y ha denigrado a la facción opuesta, a veces eliminando pruebas materiales para hacerlo. Un caso particularmente flagrante fue el del coronel Mijailovich, el líder chetnik yugoslavo. Los rusos, que tenían a su propio protegido yugoslavo en el mariscal Tito, acusaron a Mijailovich de colaborar con los alemanes. Esa acusación fue rápidamente apoyada por la prensa británica: los seguidores de Mijailovich no tuvieron oportunidad de responder y los hechos que la contradecían sencillamente no se publicaron. En julio de 1943, los alemanes ofrecieron una recompensa de 100.000 coronas de oro por la captura de Tito, y una recompensa similar por la captura de Mijailovich. La prensa británica se cansó de repetir lo de la recompensa ofrecida por Tito, pero solo un periódico aludió (y en letra pequeña) a la ofrecida por Mijailovich, y las acusaciones de colaboración con los alemanes continuaron. Cosas muy parecidas ocurrieron durante la guerra civil española. También entonces las facciones del bando republicano que los rusos habían decidido aplastar fueron despiadadamente calumniadas en la prensa inglesa de izquierdas, y no se publicó ningún artículo en su defensa, ni siquiera una carta. En la actualidad no solo se considera reprobable cualquier crítica a la URSS, sino que incluso se mantiene en secreto en algunos casos la existencia de dichas críticas. Por ejemplo, poco antes de su muerte, Trotski había escrito una biografía de Stalin. Es presumible que no se tratara de un libro totalmente objetivo, pero también es evidente que sí era comercial. Un editor estadounidense se había avenido a publicarlo y el libro estaba impreso —tengo entendido que se habían enviado ejemplares a los críticos— cuando la URSS entró en la guerra. El libro se retiró de inmediato. Ni una palabra de todo esto ha aparecido jamás en la prensa británica, aunque es evidente que la existencia de un libro semejante, y su supresión, era una noticia que bien valía unos cuantos párrafos.

Es importante distinguir entre la censura que la intelectualidad literaria inglesa se impone voluntariamente y la que en ocasiones pueden ejercer los grupos de presión. Notoriamente, ciertos asuntos no pueden cuestionarse por culpa de un «conflicto de intereses». El caso más conocido es el escándalo de patentes de medicinas. Por otro lado, la Iglesia católica tiene considerable influencia en la prensa y puede silenciar hasta cierto punto las críticas. Casi nunca se da publicidad a un escándalo en el que esté implicado un sacerdote católico, mientras que cualquier sacerdote anglicano que se meta en líos (por ejemplo, el vicario de Stiffkey) pasa directamente a los titulares. Es muy raro ver en el cine o en el teatro una obra de tendencia anticatólica. Todos los actores saben que una obra teatral o una película que se mofe de la Iglesia católica es probable que sufra el boicot de la prensa y acabe en fracaso. Pero ese tipo de cosas son inofensivas o al menos comprensibles. Cualquier gran organización protege sus intereses como mejor puede, y la propaganda descarada no tiene por qué ser reprobable. Es tan improbable que el *Daily Worker* publique hechos poco favorables para la URSS como que el *Catholic Herald* acuse al Papa. Pero cualquier persona con dos dedos de frente sabe lo que son el *Daily Worker* y el *Catholic Herald*. Lo inquietante es que, en lo que se refiere a la URSS y sus políticas, no se pueda esperar una crítica inteligente y ni siquiera, en muchos casos, meramente honrada por parte de los escritores y periodistas [*sic* y exactamente igual que en el texto mecanografiado] liberales que no sufren una presión directa para obligarles a falsificar sus opiniones. Stalin es sacrosanto y ciertos aspectos de su política no pueden discutirse seriamente. Esta norma se ha observado de manera casi universal desde 1941, pero llevaba aplicándose, en mayor grado de lo que se cree, desde hacía diez años. En todo ese tiempo, las críticas del régimen soviético *desde la izquierda* solo podían darse a conocer con dificultad. Había una enorme producción de literatura anti rusa, pero casi toda procedía del bando conservador y era claramente deshonesta, caduca y estaba inspirada por motivos sórdidos. Por otro lado, había un torrente casi igual de copioso y deshonesto de propaganda pro rusa, y una especie de boicot contra cualquiera que intentara discutir las cuestiones clave de una manera adulta. Era posible publicar libros anti rusos, pero hacerlo equivalía a ser ignorado o malinterpretado por casi toda la prensa intelectual. Tanto en público como en privado se te advertía de que eso «no se hacía». Lo que decías podía ser cierto, pero era «inoportuno» y «le hacía el juego» a tal o cual interés reaccionario. Esa postura se defendía basándose en que así lo exigían la situación internacional y la apremiante necesidad de una alianza anglo-rusa, pero era evidente que se trataba de una mera justificación. La intelectualidad inglesa, o una gran parte de ella, había desarrollado una lealtad nacionalista a la URSS, y en el fondo consideraba que cualquier duda sobre la sabiduría de Stalin era una especie de blasfemia. Los acontecimientos en Rusia y en cualquier otra parte se juzgaban según patrones distintos. Las interminables ejecuciones en las purgas de 1936-1938 fueron aplaudidas por personas que toda su vida se habían opuesto a la pena capital, y se consideraba tan correcto dar publicidad a las hambrunas cuando ocurrían en la India como ocultarlas cuando sucedían en Ucrania. Y si eso era cierto antes de la guerra, el ambiente intelectual ciertamente no ha mejorado.

Pero por volver a mi libro, la reacción de la mayor parte de los intelectuales ingleses será muy sencilla: «No debería haberse publicado». Como es natural, los críticos que dominan el arte del insulto no lo atacarán por razones políticas, sino literarias. Dirán que es un libro tonto y aburrido y un desperdicio de papel. Puede que estén en lo cierto, pero evidentemente esa no es toda la historia. Uno no dice que un libro «no debería haberse publicado» solo porque sea un mal libro. Después de todo, se imprimen kilómetros de tonterías a diario sin que nadie se queje. La intelectualidad inglesa, o su mayor parte, pondrá objeciones a este libro porque calumnia a su Líder y (tal como lo ven ellos) perjudica a la causa del progreso. Si hiciera lo contrario no tendrían nada que decir, ni aunque sus defectos literarios fuesen diez veces más flagrantes de lo que son. El éxito, por ejemplo, del Club del Libro de Izquierda en un período de cuatro o cinco años demuestra lo dispuestos que están a tolerar la escritura tanto chapucera como apresurada siempre que les diga lo que quieren oír.

La cuestión es muy sencilla: ¿tiene cualquier opinión, por impopular o absurda que sea, el mismo derecho a ser publicada? Planteada de ese modo cualquier intelectual inglés sentirá que debe responder afirmativamente. Pero, si le damos una forma concreta y preguntamos: «¿Y qué hay de un ataque a Stalin? ¿Merece ser publicado?», la respuesta será no. En ese caso, la ortodoxia dominante parece haberse visto desafiada y por tanto se deja en suspenso el principio de la libertad de expresión. Ahora bien, cuando uno exige libertad de expresión y libertad de prensa, no está exigiendo libertad absoluta. Siempre debe haber, y en cualquier caso siempre habrá, cierto grado de censura mientras perduren nuestras sociedades. Pero la libertad, como dijo Rosa Luxembourg [*sic*], es la «libertad para los demás». El mismo principio defienden las famosas palabras de Voltaire: «Detesto lo que decís y defenderé hasta la muerte vuestro derecho a decirlo». Si la libertad intelectual que sin duda ha sido uno de los rasgos distintivos de la civilización occidental significa algo, es que todo el mundo tenga derecho a decir y publicar lo que considere cierto, siempre y cuando no perjudique de un modo indiscutible al resto de la comunidad. Tanto la democracia capitalista como las versiones occidentales del comunismo han dado hasta hace poco ese principio por supuesto. Nuestro gobierno, como he señalado ya, sigue fingiendo respetarlo. La gente de la calle —en parte, tal vez, porque no está lo bastante interesada en las ideas para ser intolerante respecto a ellas— sigue diciendo vagamente: «Supongo que todo el mundo tiene derecho a tener su opinión». Solo, o en cualquier caso principalmente, la intelectualidad científica y literaria, justo quienes deberían ser los guardianes de la libertad, empiezan a despreciarlo, tanto en la teoría como en la práctica.

Uno de los fenómenos peculiares de nuestro tiempo es el liberal renegado. Más allá de la conocida máxima marxista de que la «libertad burguesa» es una ilusión, hay una tendencia cada vez más extendida a argumentar que solo se puede defender la democracia burguesa con métodos totalitarios. Si uno ama la democracia, dice esa teoría, debe aplastar a sus enemigos sin reparar en los medios. ¿Y quiénes son sus enemigos? Siempre resulta que no solo son quienes la atacan abiertamente y a conciencia, sino quienes la ponen «objetivamente» en peligro propagando doctrinas equivocadas. En otras palabras, defender la democracia implica destruir la independencia de pensamiento. Ese argumento se utilizó, por ejemplo, para justificar las purgas rusas. Ni los rusófilos más fervientes creyeron que todas las víctimas fuesen culpables de todo lo que se les acusaba: pero al defender opiniones heréticas perjudicaban «objetivamente» al régimen, y por tanto era justo no solo masacrarlos sino desacreditarlos mediante falsas acusaciones. La misma argumentación se utilizó para justificar las mentiras que circularon en la prensa de izquierdas a propósito de los trotskistas y las demás minorías republicanas en la Guerra Civil española. Y volvió a utilizarse como motivo para protestar contra el derecho de *habeas corpus* cuando liberaron a Mosley en 1943.

Esta gente no entiende que, si se favorecen los métodos totalitarios, llegará un día en que se utilizarán contra ella y no por ella. Si uno se acostumbra a encarcelar a fascistas sin juicio previo, es posible que el proceso no se detenga ahí. Poco después de la reapertura del *Daily Worker* tras su cierre, estuve dando una conferencia en una universidad obrera del sur de Londres. El público eran intelectuales de clase obrera y de clase media baja, el mismo tipo de gente que uno encontraba antes en las sucursales del Club del Libro de Izquierda. La conferencia versaba sobre la libertad de prensa y, al final, para mi sorpresa, varias personas se pusieron en pie y me preguntaron si no opinaba que la supresión del veto al *Daily Worker* era un grave error. Cuando les pregunté por qué, respondieron que era un periódico de lealtad dudosa y que no debería tolerarse en tiempo de guerra. Terminé defendiendo al *Daily Worker*, que me ha calumniado en más de una ocasión. Pero ¿dónde había aprendido esa gente esa actitud esencialmente totalitaria? ¡Con mucha certeza de los propios comunistas! La tolerancia y el decoro están profundamente arraigados en Inglaterra, pero no son indestructibles, y es necesario hacer un esfuerzo consciente para que sigan con vida. El resultado de predicar doctrinas totalitarias es debilitar el instinto por medio del cual los pueblos libres saben lo que es o no es peligroso. El caso de Mosley lo ilustra a la perfección. En 1940 fue muy pertinente encarcelar a Mosley, hubiese cometido o no técnicamente algún delito. Estábamos combatiendo por nuestra supervivencia y no podíamos permitirnos dejar en libertad a un posible colaboracionista. Tenerlo encerrado, sin haberle sometido a juicio, en 1943 se había convertido en un atropello. Que la gente no lo entendiera así era un mal síntoma, aunque es cierto que la agitación contra la liberación de Mosley fue en parte artificial y en parte la expresión de otros motivos de descontento. Pero ¿hasta qué punto la presente tendencia hacia la forma de pensar fascista tiene que ver con el «antifascismo» de los últimos diez años y la falta de escrúpulos que ha supuesto?

Es importante darse cuenta de que la rusomanía actual es solo un síntoma del debilitamiento generalizado de la tradición liberal occidental. Si el Ministerio de Información se hubiese entrometido hasta vetar definitivamente la publicación de este libro, el grueso de la intelectualidad inglesa no habría visto nada de malo en ello. La lealtad acrítica a la URSS es la ortodoxia dominante hoy y, cuando ven amenazados los supuestos intereses de la URSS, están dispuestos a tolerar no solo la censura sino la falsificación deliberada de la historia. Por citar un ejemplo. Al producirse la muerte de John Reed, el autor de *Diez días que conmovieron al mundo* —un relato de primera mano de los primeros días de la Revolución rusa—, los derechos de autor del libro pasaron a manos del Partido Comunista británico, a quien, según tengo entendido, se los había legado Reed. Unos años más tarde, los comunistas británicos, después de destruir cuantos ejemplares de la edición original habían caído en sus manos, publicaron una versión mutilada en la que habían eliminado las alusiones a Trotski y en la que se omitía también la introducción escrita por Lenin. Si hubiese existido todavía una intelectualidad radical, este acto de falsificación habría sido expuesto y denunciado en todos los periódicos literarios del país. El caso es que apenas hubo protestas. A muchos intelectuales ingleses les pareció lo más natural. Y esta tolerancia o pura falta de honradez implica mucho más que el que esté de moda sentir admiración por Rusia. Es muy posible que esa moda no dure. Es posible que, cuando se publique este libro [*Rebelión en la granja*], mis puntos de vista sobre el régimen soviético se hayan generalizado. Pero ¿y qué? Cambiar una ortodoxia por otra no supone necesariamente un avance. El enemigo es la mentalidad de gramófono, tanto si a uno le gusta el disco que está sonando en ese momento como si no.

Conozco bien todos los argumentos en contra de la libertad de expresión y de pensamiento, los que afirman que no puede existir y los que defienden que no debería existir. Respondo sencillamente que no me convencen y que nuestra civilización se ha fundado durante más de cuatrocientos años en la idea opuesta. Hace más de diez años que estoy convencido de que el actual régimen ruso es fundamentalmente malo, y exijo el derecho a decirlo, por mucho que seamos aliados de la URSS en una guerra que quiero que ganemos. Si tuviese que escoger un texto para justificarme, elegiría el verso de Milton:

Por las leyes conocidas de la antigua libertad

La palabra «antigua» subraya el hecho de que la libertad intelectual es una tradición profundamente arraigada sin la cual la cultura occidental apenas podría existir. Muchos de nuestros intelectuales están apartándose de manera visible de esa tradición. Han aceptado el principio de que un libro debería publicarse o suprimirse, alabarse o condenarse, no según sus méritos sino según la conveniencia política. Y otros que no defienden ese punto de vista asienten por pura cobardía. Un ejemplo de esto es el fracaso de los numerosos y ruidosos pacifistas ingleses para hacer oír su voz contra la veneración del militarismo ruso. Para dichos pacifistas, cualquier violencia es mala y durante toda la guerra nos han animado a rendirnos o a firmar al menos una paz con componendas. Pero ¿cuántos nos han dado a entender que la guerra también es mala cuando la lleva a cabo el Ejército Rojo? Por lo visto los rusos tienen derecho a defenderse, mientras que en nuestro caso es un pecado mortal. Semejante contradicción solo puede explicarse de un modo, es decir, mediante un deseo cobarde de alinearse con el grueso de la intelectualidad, cuyo patriotismo está volcado con la URSS más que con Gran Bretaña. Sé que la intelectualidad inglesa tiene razones sobradas para ser timorata y deshonesta, de hecho conozco de memoria los argumentos que emplea para defenderse. Pero dejémonos al menos de tonterías sobre defender la libertad contra el fascismo. Si algo significa la libertad es el derecho a decirle a la gente lo que no quiere oír. La gente corriente todavía se adhiere vagamente a esa doctrina y actúa en consecuencia. En nuestro país —no es así en todos los países, no lo era en la Francia republicana, y no lo es en Estados Unidos— son los liberales quienes temen a la libertad y los intelectuales quienes pretenden denigrar el intelecto: he escrito este prefacio para llamar la atención sobre este hecho.

George Orwell

Rebelión en la granja

I

El señor Jones, de la Granja Solariega, había echado llave a los gallineros antes de irse a dormir, pero estaba tan borracho que se había olvidado de cerrar las trampillas. Haciendo bailar de un lado a otro el anillo de luz del farol, se tambaleó por el patio, se quitó las botas junto a la puerta trasera, se sirvió un último vaso de cerveza del barril de la trascocina y subió a la cama, donde ya roncaba la señora Jones.

En cuanto se apagó la luz del dormitorio se produjo un revuelo que recorrió todos los edificios de la granja. Durante el día había circulado la noticia de que el Viejo Comandante, el premiado verraco blanco mediano, había tenido un sueño extraño la noche anterior y deseaba comunicarlo a los demás animales. Habían acordado reunirse todos en el establo principal en cuanto tuvieran la certeza de que se había marchado el señor Jones. El Viejo Comandante (así lo llamaban siempre, aunque para exponerlo habían usado el nombre el Encanto de Willingdon) era tan respetado en la granja que todo el mundo estaba dispuesto a perder una hora de sueño para oír sus palabras.

El Comandante ya se había instalado en su lecho de paja, en un extremo del enorme establo, en una especie de plataforma elevada, bajo un farol que colgaba de una viga. Tenía doce años y últimamente había engordado bastante, pero seguía siendo un cerdo de aspecto majestuoso, con aire de sabiduría y benevolencia a pesar de que nunca le habían recortado los colmillos. Poco tiempo después los demás animales empezaron a llegar y a ponerse cómodos, cada uno a su manera. Primero aparecieron los tres perros, Campanilla, Jésica y Chispa, y después los cerdos, que se tendieron en la paja delante de la plataforma. Las gallinas se encaramaron en el alféizar de las ventanas, las palomas revolotearon hasta las vigas, las ovejas y las vacas se echaron detrás de los cerdos y se pusieron a rumiar. Los dos caballos de tiro, Boxeador y Trébol, entraron juntos, caminando muy despacio y apoyando con mucho cuidado los enormes cascos peludos por miedo a que hubiera algún pequeño animal oculto en la paja. Trébol era una yegua robusta y maternal entrada en años, que después de tener el cuarto potrillo nunca había recuperado del todo la figura. Boxeador era un animal enorme, de casi dieciocho palmos de altura, y tan fuerte como dos caballos normales juntos. Una raya blanca que le bajaba por la nariz le daba un aspecto un tanto estúpido, y de hecho no tenía una inteligencia de primera, pero todos lo respetaban por su firmeza de carácter y su tremenda capacidad de trabajo. Después de los caballos llegaron Muriel, la cabra blanca, y Benjamín, el burro. Benjamín era el animal más viejo de la granja, y el de peor carácter. Rara vez hablaba, y cuando lo hacía era casi siempre para contribuir con algún comentario cínico: por ejemplo, decía que Dios le había dado rabo para espantar las moscas, pero que hubiera preferido no tenerlo y que no existieran las moscas. De todos los animales era el único que nunca reía. Si se le preguntaba por qué, decía que no veía nada de qué reírse. Sin embargo, aunque no lo reconocía abiertamente, tenía devoción por Boxeador; solían pasar juntos los domingos en el pequeño prado detrás de la huerta, pastando uno al lado del otro sin intercambiar una palabra.

Los dos caballos acababan de acostarse cuando una nidada de patos, que habían perdido a su madre, entraron en fila en el granero, piando débilmente y buscando un sitio donde ponerse a salvo de las pisadas. Trébol les hizo una especie de muro alrededor con la enorme pata delantera, y los patos se acurrucaron dentro y enseguida se quedaron dormidos. En el último momento, Marieta, una yegua muy blanca, bonita y tonta que tiraba del carro del señor Jones, entró caminando delicada y afectadamente, mascando un terrón de azúcar. Se instaló casi en primera fila y empezó a coquetear con la melena blanca, esperando llamar la atención con las cintas rojas que llevaba trenzadas. Por último llegó la gata, que miró a su alrededor, como de costumbre, buscando el sitio más caliente, y terminó metiéndose entre Boxeador y Trébol; allí ronroneó, satisfecha, mientras duró el discurso del Comandante, sin escuchar una sola palabra de lo que decía.

Ahora estaban presentes todos los animales, excepto Moisés, el cuervo amaestrado, que dormía en una percha detrás de la puerta trasera. Cuando el Comandante vio que todos se habían puesto cómodos y esperaban con atención, carraspeó y empezó a hablar:

—Camaradas, ya os habéis enterado del extraño sueño que tuve anoche. Pero de eso me ocuparé más tarde. Antes tengo que deciros otra cosa. No creo, camaradas, que vaya a estar con vosotros muchos meses más, y me parece que mi deber, antes de morir, es transmitiros la sabiduría que he adquirido. He disfrutado de una larga vida, he tenido mucho tiempo para pensar mientras estaba allí solo en el chiquero, y me creo con derecho a decir que entiendo la naturaleza de la vida en esta tierra tan bien como cualquier otro animal hoy vivo. Es de eso de lo que quiero hablar con vosotros.

»Camaradas, ¿qué sentido tiene vivir como vivimos? Hay que reconocerlo: nuestra vida es desgraciada, laboriosa y corta. Nacemos, nos dan solo la comida necesaria para seguir respirando, y a los que estamos en condiciones de hacerlo nos obligan a trabajar hasta el último aliento, y en el instante en el que nuestra utilidad llega a su fin se nos sacrifica con una crueldad espantosa. Después de cumplir un año, ningún animal en Inglaterra conoce el significado de la felicidad o del placer. Ningún animal en Inglaterra es libre. En la vida de un animal no hay más que desgracia y esclavitud: esa es la pura verdad.

»Pero ¿se trata acaso de una ley natural? ¿Acaso nuestra tierra es tan pobre que no puede garantizar vida digna a los que habitan en ella? No, camaradas, una y mil veces, ¡no! La tierra inglesa es fértil, su clima bueno, capaz de dar comida en abundancia a un número mucho mayor de animales que los que ahora habitan en ella. Esta granja nuestra podría mantener a una docena de caballos, veinte vacas, cientos de ovejas, y dar a todos una comodidad y una dignidad que ahora casi no podemos imaginar. Entonces ¿por qué seguimos en estas míseras condiciones? Porque los seres humanos nos roban casi todo el producto de nuestro trabajo. Ahí está, camaradas, la respuesta a todos nuestros problemas. Se resume en estas palabras: el hombre. El hombre es el único enemigo real que tenemos. Quitemos al hombre de la escena y la causa fundamental del hambre y del exceso de trabajo desaparecerá para siempre.

»El hombre es la única criatura que consume sin producir. No da leche, no pone huevos, es demasiado débil para tirar del arado, no corre con rapidez suficiente para atrapar conejos. Sin embargo, es dueño y señor de todos los animales. Los hace trabajar, les devuelve lo justo para que no se mueran de hambre y el resto se lo guarda para sí. Nuestro trabajo labra la tierra, nuestro estiércol la fertiliza, pero ninguno de nosotros posee más que la piel que lleva encima. Vosotras, las vacas que veo ahí delante, ¿cuántos miles de litros de leche habéis dado durante este último año? ¿Y qué ha pasado con la leche que debería haber estado criando a robustos terneros? Se ha ido, hasta la última gota, por la garganta de nuestros enemigos. Y vosotras, las gallinas, ¿cuántos huevos habéis puesto este último año y de cuántos han salido polluelos? El resto ha ido al mercado a producir dinero para Jones y sus hombres. Y tú, Trébol, ¿dónde están los cuatro potros que pariste y que deberían darte apoyo y placer en la vejez? Todos fueron vendidos al cumplir un año, y no volverás a verlos nunca más. A cambio de tus cuatro partos y todo tu trabajo en los campos, ¿qué has recibido, fuera de unas escuetas raciones y un establo?

»Y ni siquiera se permite que la vida miserable que llevamos cumpla su ciclo natural. Yo no me quejo, porque soy uno de los afortunados. Tengo doce años y he sido padre de más de cuatrocientas crías. Tal es la vida natural de un cerdo. Pero al final ningún animal se libra del cuchillo cruel. Todos vosotros, los puercos jóvenes ahí sentados, estaréis chillando dentro de un año, mientras os sacrifican. A ese horror llegaremos todos: vacas, cerdos, gallinas, ovejas y demás. Ni siquiera los caballos y los perros tienen mejor suerte. A ti, Boxeador, el mismo día en que tus músculos pierdan su fuerza, Jones te venderá al desollador, que te degollará y te hervirá para los perros de caza. En cuanto a los perros, cuando envejecen y pierden los dientes, Jones les ata un ladrillo al cuello y los ahoga en la laguna más cercana.

»¿No queda claro entonces, camaradas, que todos los males de esta vida nacen de la tiranía de los seres humanos? Con solo deshacernos del hombre, el fruto de nuestro trabajo sería nuestro. Casi de la noche a la mañana podríamos ser ricos y libres. ¿Qué debemos hacer entonces? ¡Trabajar día y noche, en cuerpo y alma, por el derrocamiento de la raza humana! Ese es mi mensaje, camaradas: ¡la rebelión! No sé cuándo se producirá esa rebelión, si dentro de una semana o de cien años, pero sé, con la misma certeza con que veo la paja que piso, que tarde o temprano llegará la justicia. ¡No perdáis eso de vista, camaradas, durante el resto de vuestra corta vida! Y, sobre todo, transmitid este mensaje a los que vengan después, para que las generaciones futuras sigan luchando hasta lograr la victoria.

»Y recordad, camaradas, que no hay que flaquear. Ningún argumento os tiene que desviar del camino. No prestéis nunca atención cuando os digan que el hombre y los animales tienen un interés común, que la prosperidad de uno es la prosperidad de los otros. Mentiras. El hombre no sirve a los intereses de ninguna criatura, salvo a los suyos. Que entre nosotros, los animales, haya una perfecta unidad, una perfecta camaradería en la lucha. Todos los hombres son enemigos. Todos los animales son camaradas.»

En ese momento se produjo un tremendo alboroto. Mientras el Comandante hablaba, cuatro grandes ratas habían salido de sus agujeros y se habían sentado sobre los cuartos traseros para escucharlo. De repente, al verlas los perros, habían tenido que precipitarse hacia sus agujeros para salvar la vida. El Comandante levantó una pezuña pidiendo silencio.

—Camaradas —dijo—, hay aquí un tema que debe resolverse. Las criaturas salvajes, como las ratas y los conejos, ¿son amigas o enemigas nuestras? Sometámoslo a votación. Propongo esta pregunta: las ratas ¿son camaradas?

Se votó de inmediato, y por mayoría abrumadora se acordó que las ratas eran camaradas. Solo hubo cuatro discrepantes, los tres perros y la gata, que —se supo después— había votado por ambas partes. El Comandante prosiguió:

—No tengo mucho más que decir. Solo repetir que recordéis siempre vuestro deber de enemistad hacia el hombre y su manera de actuar. Todo lo que camina sobre dos patas es enemigo. Todo lo que camina sobre cuatro patas o tiene alas es amigo. Recordad también que, en la lucha contra el hombre, no hay que parecerse a él. Aunque lo hayáis vencido, no adoptéis sus vicios. Ningún animal debe vivir jamás en una casa, o dormir en una cama, o llevar ropa, o beber alcohol, o fumar tabaco, o tocar dinero, o dedicarse al comercio. Todas las costumbres del hombre son malas. Y, sobre todo, ningún animal debe tiranizar a su propia especie. Débiles o fuertes, listos o simplotes, todos somos hermanos. Ningún animal debe matar a otro animal. Todos los animales son iguales.

»Y ahora, camaradas, os contaré el sueño que tuve anoche. No puedo describir ese sueño. Era un sueño sobre cómo será la Tierra cuando el hombre haya desaparecido. Pero me recordó algo que he tenido olvidado durante un largo tiempo. Hace muchos años, cuando yo era un cerdo pequeño, mi madre y las demás cerdas cantaban una vieja canción de la que solo conocían la melodía y las tres primeras palabras. Yo conocí esa melodía en mi infancia, y hacía tiempo que no la recordaba. Pero anoche me volvió en un sueño. Es más: también volvieron las palabras, palabras que, estoy seguro, fueron cantadas por animales de hace mucho tiempo, cuyo recuerdo se perdió durante generaciones. Os cantaré ahora esa canción, camaradas. Soy viejo y tengo la voz ronca, pero cuando os haya enseñado la melodía la podréis cantar mejor vosotros mismos. Se llama «Bestias de Inglaterra».

El Viejo Comandante carraspeó y se puso a cantar. Como había anunciado, su voz era ronca, pero le salía bastante bien; era una canción pegadiza, mezcla de «Clementine» y «La cucaracha».

La letra decía así:

Bestias de Inglaterra, bestias de Irlanda,
bestias de todo clima y país,
oíd mis alegres nuevas
que anuncian un futuro feliz.

Tarde o temprano llegará el día
en el que se acabará la tiranía del hombre,
y solo las bestias hollarán
los fértiles campos ingleses.

Desaparecerán los aros de nuestros hocicos
y de nuestro lomo los arneses,
se oxidarán para siempre los frenos
y las espuelas
y los crueles látigos no volverán a chasquear.

Riquezas que la mente no puede abarcar,
trigo y cebada, heno y avena,
trébol, alubias y remolacha
desde ese día nuestras serán.

Brillantes lucirán los campos ingleses,
más puras serán sus aguas,
más dulces soplarán sus brisas
el día que conozcamos la libertad.

Por ese día todos debemos trabajar,
aunque muramos sin verlo amanecer;
vacas y caballos, gansos y pavos,
todos debemos luchar por la libertad.

Bestias de Inglaterra, bestias de Irlanda,
bestias de todo clima y país,
oíd bien y difundid mis nuevas
que anuncian un futuro feliz.

La canción excitó muchísimo a los animales. Casi antes de que el Comandante hubiera llegado al final, habían empezado a cantarla por su cuenta. Hasta los más estúpidos habían captado la melodía y unas pocas palabras, y en cuanto a los listos, como los cerdos y los perros, habían aprendido toda la canción de memoria en unos pocos minutos. Entonces, tras algunos intentos preliminares, la granja entera echó a cantar con tremenda armonía «Bestias de Inglaterra». Las vacas la mugían, los perros la ladraban, las ovejas la balaban, los caballos la relinchaban y los patos la graznaban. Estaban tan contentos con la canción que la cantaron cinco veces seguidas, y podrían haber seguido cantándola toda la noche si no los hubieran interrumpido.

Por desgracia, el alboroto despertó al señor Jones, que saltó de la cama, convencido de que había un zorro en el corral. Agarró la escopeta que siempre estaba en un rincón del dormitorio y disparó un cartucho de munición número 6 hacia la oscuridad. Los perdigones se alojaron en la pared del establo y la reunión se disolvió con rapidez. Todo el mundo huyó al sitio donde tenía que dormir. Las aves saltaron a sus perchas, los animales se acomodaron sobre la paja y enseguida la granja entera se quedó dormida.

II

Tres noches más tarde el Viejo Comandante murió sin sufrir mientras dormía. Enterraron su cadáver en un rincón del huerto.

Corrían los primeros días de marzo. Durante los tres meses siguientes hubo mucha actividad secreta. La actitud de los animales más inteligentes de la granja ante la vida había cambiado por completo al oír el discurso del Comandante. No sabían cuándo ocurriría la Rebelión pronosticada por el Comandante, carecían de motivos para pensar que vivirían para verla, pero comprendían que tenían la obligación de prepararse para ella. La tarea de educar y organizar a los demás recayó, por supuesto, en los cerdos, en general reconocidos como los animales más inteligentes. Entre los cerdos se destacaban dos verracos jóvenes llamados Bola de Nieve y Napoleón, que el señor Jones criaba para vender. Napoleón era un verraco de aspecto bastante feroz, el único de raza berkshire en la granja, parco pero con fama de salirse siempre con la suya. Bola de Nieve era más vivaracho que Napoleón, tenía mayor facilidad de palabra y era más ingenioso, pero no se le atribuía la misma firmeza de carácter. Todos los demás puercos de la granja estaban destinados a la matanza. El más conocido era un cerdito gordo llamado Chillón, de mejillas redondas, ojos expresivos, movimientos ágiles y voz estridente. Un brillante conversador que cuando defendía alguna idea difícil saltaba a un lado y a otro sacudiendo la cola de una manera muy persuasiva. Los demás decían que Chillón era capaz de convertir lo negro en blanco.

Entre los tres habían elaborado todo un sistema de pensamiento, basado en las enseñanzas del Viejo Comandante, al que llamaron «animalismo». Varias noches a la semana, cuando ya estaba dormido el señor Jones, celebraban reuniones secretas en el establo y exponían los principios del animalismo a los demás.

Al principio encontraron mucha estupidez y apatía. Había animales que hablaban del deber de lealtad al señor Jones, a quien llamaban «amo», y había quienes hacían comentarios tan básicos como: «El señor Jones nos da de comer. Si desapareciera, nos moriríamos de hambre». Otros hacían preguntas como «¿Por qué debería importarnos lo que suceda cuando ya estemos muertos?» o «Si esa Rebelión va a ocurrir de todos modos, ¿qué más da que trabajemos o dejemos de trabajar por ella?», y los cerdos tenían grandes dificultades para hacerles ver que eso contrariaba el espíritu del animalismo. Las preguntas más estúpidas eran las de Marieta, la yegua blanca. La primera que le hizo a Bola de Nieve fue:

—¿Seguirá habiendo azúcar después de la Rebelión?

—No —dijo Bola de Nieve con firmeza—. En esta granja no tenemos medios para fabricar azúcar. Además, tú no necesitas azúcar. Tendrás toda la avena y todo el heno que quieras.

—¿Y podré seguir usando cintas en la crin? —preguntó Marieta.

—Camarada —dijo Bola de Nieve—, esas cintas a las

que tanto cariño tienes son el símbolo de la esclavitud. ¿No entiendes que la libertad vale más que esas cintas?

Marieta asintió, pero no parecía muy convencida.

A los cerdos les costaba aún más contrarrestar las mentiras que hacía circular Moisés, el cuervo amaestrado. Moisés, la mascota especial del señor Jones, era un espía y un chismoso, pero también un conversador inteligente. Aseguraba conocer la existencia de un misterioso país llamado Monte Caramelo, al que iban todos los animales cuando morían. Estaba situado en el cielo, un poco más allá de las nubes, decía Moisés. En Monte Caramelo era domingo los siete días de la semana, abundaba el trébol todo el año y en los setos crecían terrones de azúcar y bizcochos de linaza. Los animales detestaban a Moisés porque contaba mentiras y no trabajaba, pero algunos creían en el Monte Caramelo y los cerdos tenían que discutir a fondo para convencerlos de que tal lugar no existía.

Sus discípulos más fieles eran los caballos de tiro, Boxeador y Trébol. Los dos tenían grandes dificultades para pensar por sí mismos, pero al haber aceptado a los cerdos como maestros absorbían todo lo que se les contaba y después lo transmitían a los demás animales mediante sencillos razonamientos. No faltaban nunca a las reuniones secretas en el establo y encabezaban el coro al entonar «Bestias de Inglaterra», canción con la que siempre cerraban los encuentros.

Al final lograron hacer la Rebelión mucho antes y con mucha mayor facilidad de lo que ninguno esperaba. Unos años antes el señor Jones, aunque severo como amo, había sido un granjero capaz, pero últimamente iba de mal en peor. Se había desanimado mucho al perder dinero en un pleito, y había empezado a beber más de lo conveniente. Se pasaba días enteros sentado en el sillón de la cocina, leyendo periódicos, bebiendo y, de vez en cuando, dando de comer a Moisés cortezas de pan mojado en cerveza. Sus hombres eran perezosos y poco honrados, los campos estaban llenos de maleza, los techos de los edificios estropeados, los setos descuidados y los animales desnutridos.

Llegó junio y el heno estaba casi listo para la siega. La noche de San Juan, que era sábado, el señor Jones fue a Willingdon y se emborrachó tanto en el León Rojo que no regresó hasta el domingo al mediodía. Los hombres habían ordeñado las vacas durante la madrugada y después se habían ido a cazar conejos sin molestarse en alimentar a los animales. Al regresar, el señor Jones se echó a dormir de inmediato en el sofá de la sala y se tapó la cara con el periódico, de modo que por la noche los animales seguían sin comer. Llegó un momento en el que no lo soportaron más. Una de las vacas abrió con un cuerno la puerta del depósito y todos los animales empezaron a comer de los graneros. Fue entonces cuando se despertó el señor Jones. En un instante apareció con sus cuatro hombres, descargando latigazos en todas direcciones. Eso era más de lo que los hambrientos animales podían soportar. De común acuerdo, aunque no habían planeado nada parecido, se lanzaron hacia sus torturadores. Jones y sus hombres fueron rodeados, empujados y pateados. La situación estaba fuera de control. Nunca habían visto que los animales se comportaran de esa manera, y el repentino levantamiento de criaturas a las que estaban acostumbrados a golpear y maltratar con impunidad les hizo temblar de miedo. Después de unos instantes dejaron de defenderse y salieron corriendo. Un minuto más tarde los cinco huían en desbandada por una senda de carros que llevaba al camino principal, perseguidos de cerca por los jubilosos animales.

La señora Jones miró por la ventana del dormitorio, vio

lo que pasaba, echó en un morral todo lo que pudo y se escabulló de la granja por otro camino. Moisés saltó de su percha y la siguió aleteando, lanzando ruidosos graznidos. Mientras tanto, los animales habían perseguido a Jones y a sus peones hasta la carretera y cerrado después con estrépito la pesada puerta. Así, casi antes de entender lo que pasaba, se había producido con éxito la Rebelión: Jones estaba expulsado y ellos eran ahora los dueños de la Granja Solariega.

Durante los primeros minutos los animales apenas podían dar crédito a su inmensa suerte. Su primera acción fue galopar todos juntos por los lindes de la granja, como si quisieran asegurarse de que no quedaba ningún ser humano oculto en ella; después regresaron corriendo a los edificios para borrar los últimos vestigios del odioso reinado de Jones. Echaron abajo la puerta del guadarnés, al final de los establos, y arrojaron en el pozo los bocados, las argollas, las cadenas de los perros, los crueles cuchillos que el señor Jones usaba para castrar a los cerdos y a los corderos. En la fogata que ardía en el patio para quemar la basura tiraron las riendas, los cabestros, las anteojeras, los degradantes morrales. Con los látigos hicieron lo mismo. Todos los animales empezaron a saltar de alegría al ver cómo ardían los látigos. Bola de Nieve también lanzó al fuego las cintas con las que solían decorar las crines y las colas de los caballos los días de feria.

—Las cintas —dijo— deben ser consideradas como ropa, que es lo que distingue a los seres humanos. Todos los animales deben andar desnudos.

Al oír eso, Boxeador se quitó el pequeño sombrero de paja que llevaba en verano para protegerse las orejas de las moscas y lo arrojó al fuego con todo lo demás.

En muy poco tiempo los animales habían destruido todo

lo que les recordaba al señor Jones. Entonces Napoleón los llevó otra vez al depósito y sirvió a todo el mundo una doble ración de maíz y dos galletas a cada perro. Después cantaron «Bestias de Inglaterra» de principio a fin siete veces seguidas y a continuación se acomodaron para pasar la noche y durmieron como no habían dormido nunca.

Pero como de costumbre se despertaron al amanecer, y al recordar el glorioso acontecimiento del día anterior corrieron juntos al pastizal. Por el camino había una loma desde la que se divisaba casi toda la granja. Los animales corrieron hasta la cima y miraron alrededor la clara luz de la mañana. ¡Sí, era de ellos! ¡Todo lo que veían era de ellos! Embelesados por esa idea empezaron a brincar por todas partes, a corcovear lanzándose excitados al aire. Se revolcaron en el rocío, pacieron bocados de la dulce hierba estival, patearon terrones de tierra negra y olfatearon su potente fragancia. Después recorrieron toda la granja inspeccionándola y contemplaron mudos la tierra labrada, el henar, el huerto, el estanque, el soto. Era como si nunca hubieran visto esas cosas, y todavía les costaba creer que fueran suyas.

Después regresaron en fila a los edificios de la granja y se detuvieron en silencio delante de la puerta de la casa. Ese lugar también les pertenecía, pero tenían miedo de entrar. Sin embargo, al cabo de un rato Bola de Nieve y Napoleón embistieron la puerta con el lomo y la abrieron y los animales entraron en fila india, avanzando con sumo cuidado por temor a desordenar algo. Caminaron de puntillas de una habitación a otra, temiendo levantar la voz por encima de un susurro y mirando con una especie de asombro el increíble lujo, las camas con colchones de plumas, los espejos, el sofá de crin, la alfombra de Bruselas, la litografía de la reina Victoria sobre la repisa de la chimenea del salón. Bajaban por la escalera cuando descubrieron que faltaba

Marieta. Al volver la encontraron en la mejor habitación. Había sacado un trozo de cinta azul del tocador de la señora Jones y la sostenía contra el hombro admirándose en el espejo de una manera muy tonta. Los demás le hicieron duros reproches antes de salir. Descolgaron unos jamones que había en la cocina y los sacaron para enterrarlos, y Boxeador rompió de una coz el barril de cerveza de la trascocina; fuera de eso, todo en la casa quedó intacto. En el acto, por unanimidad, aprobaron una resolución para que la granja fuera preservada como museo. Todos estuvieron de acuerdo en que ningún animal debía vivir allí.

A continuación desayunaron y, después, Bola de Nieve y Napoleón volvieron a reunirlos.

—Camaradas —dijo Bola de Nieve—, son las seis y media y tenemos un largo día por delante. Hoy empezamos a recoger el heno. Pero antes tenemos que atender otro asunto.

Los cerdos revelaron entonces que durante los últimos tres meses habían aprendido a leer y a escribir con la ayuda de un viejo manual de ortografía usado por los hijos del señor Jones que habían encontrado en la basura. Napoleón mandó a buscar latas de pintura blanca y negra y los condujo hasta la pesada puerta que daba a la carretera. Bola de Nieve (que era quien mejor escribía) apretó un pincel entre los dos nudillos de la pata, tachó «Granja solariega» en el barrote superior de la puerta y en su lugar pintó «Granja animal». Ese sería a partir de entonces el nombre de la granja. A continuación volvieron a los edificios, donde Bola de Nieve y Napoleón pidieron una escalera que hicieron apoyar en la pared trasera del enorme establo. Explicaron que por obra de sus estudios de los últimos tres meses, los cerdos habían logrado reducir los principios del animalismo a siete mandamientos. Estos siete mandamientos serían ahora grabados en la pared; formarían una ley inalterable que todos los animales de la granja deberían obedecer para siempre. Con cierta dificultad (no es fácil para un cerdo mantener el equilibrio sobre una escalera), Bola de Nieve subió y se puso a trabajar, ayudado por Chillón, que pocos peldaños por debajo sostenía la lata de pintura. Los mandamientos quedaron escritos en la pared alquitranada en grandes letras blancas que se podían leer desde treinta metros de distancia. Decían esto:

LOS SIETE MANDAMIENTOS

1. Todo lo que camina sobre dos patas es un enemigo.
2. Todo lo que camina sobre cuatro patas o tiene alas es un amigo.
3. Ningún animal llevará ropa.
4. Ningún animal dormirá en una cama.
5. Ningún animal beberá alcohol.
6. Ningún animal matará a otro animal.
7. Todos los animales son iguales.

La letra era muy clara, y salvo que en vez de «un amigo» decía «un anigo» y una de las «s» estaba al revés, la ortografía era correcta en todo el texto. Bola de Nieve lo leyó en voz alta a los demás. Todos los animales asintieron con la cabeza, dando su completa conformidad, y los más listos empezaron de inmediato a aprender los mandamientos de memoria.

—Ahora, camaradas —gritó Bola de Nieve, arrojando el pincel—, ¡al henar! Que sea para nosotros una cuestión de honor recoger la cosecha en menos tiempo del que tardaban Jones y sus peones.

Pero en ese momento las tres vacas, que desde hacía un rato parecían inquietas, se pusieron a mugir ruidosamente.

Hacía veinticuatro horas que no las ordeñaban y sus ubres estaban a punto de reventar. Después de pensar un poco, los cerdos mandaron a buscar cubos y ordeñaron a las vacas con bastante éxito porque sus pezuñas estaban bastante bien adaptadas para esa tarea. Pronto hubo cinco cubos de espumosa y cremosa leche que muchos de los animales miraban con considerable interés.

—¿Qué va a pasar con toda esa leche? —dijo alguien.

Jones solía echar un poco en nuestro puré —dijo una gallina.

—¡Qué importa la leche, camaradas! —exclamó Napoleón, colocándose delante de los cubos—. Ya nos ocuparemos de eso. Más importante es la cosecha. El camarada Bola de Nieve encabezará la marcha. Yo lo seguiré en unos minutos. ¡Adelante, camaradas! El heno nos espera.

Los animales marcharon en tropel hacia el henar para empezar la siega, y cuando regresaron por la tarde notaron que la leche había desaparecido.

III

¡Cómo trabajaron y sudaron para segar el heno! Pero sus esfuerzos se vieron recompensados, porque la cosecha fue un éxito aún mayor de lo que esperaban.

A veces el trabajo era duro; los instrumentos no habían sido diseñados para los animales sino para los seres humanos, y era un gran inconveniente que ningún animal pudiera utilizar herramientas hechas para trabajar de pie sobre las patas traseras. Pero los cerdos eran tan listos que siempre encontraban la manera de resolver todas las dificultades. Los caballos, por su parte, conocían cada palmo del campo, y entendían el trabajo de segar y rastrillar mucho mejor que Jones y sus hombres. Los cerdos en realidad no trabajaban, pero dirigían y supervisaban a los demás. Con sus conocimientos superiores era natural que asumieran el liderazgo. Boxeador y Trébol se enganchaban a la segadora o a la rastrilladora (en esos tiempos, por supuesto, no hacían falta bocados ni riendas) y recorrían el campo sin cesar dando vueltas y vueltas, con un cerdo detrás que iba gritando «¡Arre, camarada!» o «¡So, camarada!», según fuera el caso. Y todos los animales, hasta el más humilde, intervenían en la recolección del heno. Hasta los patos y las gallinas iban y venían todo el día bajo el sol, transportando pequeñas briznas de heno en el pico. Al final terminaron la cosecha dos días antes del tiempo que solían emplear Jones y sus hombres. Además, era la mayor cosecha que se había visto nunca en la granja. No había desperdicio alguno; las gallinas y los patos, con su extraordinaria vista, habían recogido hasta el último tallo. Y ningún animal de la granja había robado siquiera un bocado.

Durante todo aquel verano el trabajo en la granja funcionó como un reloj. Los animales nunca habían imaginado que podían ser tan felices. Cada bocado les producía un intenso placer positivo, ya que era realmente su propia comida, producida por ellos y para ellos, no repartida por un amo mezquino. Desaparecidos los seres humanos parasitarios, quedaba más comida para todos. Disponían de más tiempo libre, aunque por su falta de experiencia no sabían bien en qué emplearlo. Encontraban muchas dificultades: por ejemplo, hacia finales de año, al cosechar el maíz, tuvieron que pisarlo al estilo antiguo y aventar la paja con el aliento, ya que la finca no poseía trilladora, pero los cerdos con su inteligencia y Boxeador con sus tremendos músculos siempre resolvían los problemas. Boxeador era la admiración de todos. Había sido un gran trabajador, incluso en tiempos de Jones, pero ahora parecía más tres caballos que uno; había días en que todo el trabajo de la granja parecía descansar sobre sus fuertes hombros. De la mañana a la noche empujaba y tiraba, siempre en el punto donde el trabajo era más duro. Había hecho un arreglo con uno de los gallos jóvenes para que por la mañana lo despertara media hora antes que a nadie; así podía hacer algún trabajo voluntario en el aspecto que resultara más necesario antes del comienzo de la jornada normal. Su respuesta ante cada problema y cada revés era «¡Trabajaré más duro!», y la había adoptado como lema personal.

Pero todo el mundo trabajaba según su capacidad. Las gallinas y los patos, por ejemplo, al recoger los granos perdidos de la cosecha rescataron cinco fanegas. Nadie robaba, nadie se quejaba de sus raciones, y las peleas y los mordiscos y los celos, tan característicos de la vida en los viejos tiempos, casi habían desaparecido. Nadie, o casi nadie, eludía el trabajo. Es cierto que Marieta no se destacaba por madrugar, y solía dejar de trabajar temprano alegando que tenía una piedra en un casco. Y la conducta de la gata era un poco rara. Pronto se descubrió que cuando había trabajo que hacer, la gata nunca estaba. Se esfumaba durante varias horas y reaparecía cuando iban a comer, o por la noche, cuando había terminado el trabajo, como si nada hubiera ocurrido. Pero sus excusas eran siempre tan excelentes, y ronroneaba con tanto cariño que resultaba imposible no creer en sus buenas intenciones. El viejo Benjamín, el burro, no parecía haber cambiado desde la Rebelión. Hacía su trabajo de la misma manera lenta y obstinada que cuando los mandaba Jones, sin eludir nunca sus obligaciones pero sin ofrecerse a hacer ninguna tarea especial. Sobre la Rebelión y sus resultados no expresaba ninguna opinión. Cuando se le preguntaba si no era más feliz ahora que no estaba Jones, se limitaba a decir: «Los burros viven mucho tiempo. Ninguno de vosotros ha visto a un burro muerto», y los demás tenían que contentarse con esa respuesta críptica.

Los domingos no se trabajaba. El desayuno tenía lugar una hora más tarde que de costumbre, y después del desayuno celebraban una ceremonia que se repetía cada semana sin falta. Primero se izaba la bandera. Bola de Nieve había encontrado en el guadarnés un viejo mantel verde de la señora Jones y había pintado en él una pezuña y un cuerno blancos. Lo subían al mástil del jardín de la casa cada domingo por la mañana. La bandera era verde, explicó Bola de Nieve, para representar los verdes campos de Inglaterra, mientras que la pezuña y el cuerno significaban la futura República de los Animales, que surgiría cuando finalmente derrocaran a la raza humana. Después de izar la bandera todos los animales iban en tropel al enorme establo para realizar una asamblea general conocida como la Reunión. Allí se planificaba el trabajo de la semana siguiente y se proponían y se debatían las resoluciones. Esas resoluciones las proponían siempre los cerdos. Los demás animales entendían cómo votar, pero nunca se les ocurrían resoluciones propias. Bola de Nieve y Napoleón eran, con mucho, quienes más intervenían en los debates. Pero se notaba que esos dos nunca estaban de acuerdo: cuando uno sugería algo se podía tener casi por seguro que el otro se opondría. Hasta cuando se resolvió —nadie podía oponerse a esa decisión— reservar el pequeño campo que había detrás del huerto como sitio de descanso para los animales que ya no pudieran trabajar, hubo un acalorado debate sobre la edad correcta de jubilación para cada clase de animal. La Reunión siempre terminaba con el canto de «Bestias de Inglaterra» y la tarde se dedicaba al recreo.

Los cerdos habían reservado el guadarnés como sede para ellos. Allí, por la noche, estudiaban herrería, carpintería y otras artes necesarias incluidas en los libros que habían sacado de la casa. Bola de Nieve también se ocupaba de organizar a los demás en lo que denominaba Comités Animales. En eso era incansable. Formó el Comité de Producción de Huevos para las gallinas, la Liga de Rabos Limpios para las vacas, el Comité de Reeducación de Camaradas Salvajes (cuyo objeto era domesticar a las ratas y los conejos), el Movimiento Lana Más Blanca para las ovejas y algunos otros, además de instituir clases de lectura y escritura. En conjunto, esos proyectos fueron un fracaso. Por ejemplo, el intento de domesticar a las criaturas salvajes se malogró casi de inmediato. Siguieron actuando como antes, y cuando se las trataba con generosidad se limitaban a aprovechar la situación. La gata entró en el Comité de Reeducación y durante unos días participó con mucho entusiasmo. Un día la vieron sobre un tejado conversando con unos gorriones que se mantenían fuera de su alcance. Les decía que ahora todos los animales eran camaradas y que si un gorrión quisiera se le podría posar en la pata, pero los gorriones conservaron la distancia.

Sin embargo, las clases de lectura y escritura tenían mucho éxito. Al llegar el otoño casi todos los animales de la granja sabían hasta cierto punto leer y escribir.

Los cerdos ya sabían leer y escribir perfectamente. Los perros aprendían a leer bastante bien, pero solo les interesaba leer los siete mandamientos. Muriel, la cabra, leía un poco mejor que los perros, y a veces, por la noche, leía a los demás trozos de periódicos que encontraba en la basura. Benjamín leía tan bien como cualquier cerdo, pero nunca ejercitaba esa facultad. Por lo que sabía, explicaba, no había nada que mereciera la pena de ser leído. Trébol aprendió todo el alfabeto, pero no podía construir palabras. Boxeador no podía pasar de la letra «d». Dibujaba «a», «b», «c», «d» en el polvo con el enorme casco y después se quedaba con la mirada perdida y las orejas hacia atrás, a veces moviendo la crin, tratando con todas sus fuerzas de recordar, sin éxito, qué venía a continuación. En algunas ocasiones, sí aprendía «e», «f», «g», «h», pero cuando lograba conocerlas descubría siempre que había olvidado «a», «b», «c» y «d». Finalmente decidió conformarse con las cuatro primeras letras, y solía escribirlas una o dos veces al día para refrescar la memoria. Marieta se negaba a aprender más que las siete letras que formaban su propio nombre. Las hacía con mucho cuidado, usando ramitas que decoraba con una o dos flores, y después caminaba alrededor llena de admiración.

Ninguno de los otros animales de la granja lograba pasar de la letra «a». También se descubrió que los animales más estúpidos, como las ovejas, las gallinas y los patos, eran incapaces de aprender de memoria los siete mandamientos. Después de mucho pensar Bola de Nieve declaró que los siete mandamientos podían, de hecho, reducirse a una sola máxima, a saber: «Cuatro patas, sí; dos patas, no». Eso, dijo, contenía el principio esencial del animalismo. Quien lo hubiera comprendido a fondo estaría a salvo de toda influencia humana. Las aves primero se opusieron, porque les parecía que también ellas tenían dos patas, pero Bola de Nieve les demostró que no era así.

—Las alas de los pájaros, camaradas —dijo—, son órganos de propulsión y no de manipulación. Por lo tanto deben considerarse como patas. Lo que distingue al hombre es la mano, el instrumento con el que causa todo el daño.

Las aves no entendieron las palabras largas de Bola de Nieve, pero aceptaron su explicación, y todos los animales más humildes se pusieron a trabajar para aprender de memoria la nueva máxima: «¡Cuatro patas, sí; dos patas, no!», quedó grabado en la pared del fondo del establo, por encima de los siete mandamientos y en letras más grandes. Cuando lograron aprender eso de memoria, las ovejas empezaron a sentir una gran afición por la máxima, y con frecuencia, cuando estaban echadas en el campo, balaban «¡Cuatro patas, sí; dos patas, no! ¡Cuatro patas, sí; dos patas, no!» durante horas, sin cansarse nunca.

Napoleón no mostraba ningún interés por los comités que había creado Bola de Nieve. Decía que la educación de los jóvenes era más importante que todo lo que se pudiera hacer por los adultos. Jésica y Campanilla habían parido poco después de recoger la cosecha de heno, y entre las dos habían tenido nueve robustos cachorros. En cuanto los destetaron, Napoleón los apartó de las madres y dijo que él se encargaría de su educación. Se los llevó a un desván al que solo se podía llegar por una escalera de mano desde el guadarnés, y los tuvo allí tan aislados que el resto de la granja pronto se olvidó de su existencia.

El misterio del destino de la leche pronto se resolvió. Se mezclaba todos los días con la comida de los cerdos. Maduraban las primeras manzanas y la hierba de la huerta estaba llena de fruta caída. Los animales habían dado por hecho que se repartirían de manera equitativa, pero un día llegó la orden de que toda la fruta sería recogida y llevada al guadarnés para uso de los cerdos. Algunos de los otros animales se quejaron, pero no sirvió de nada. Todos los cerdos estaban de acuerdo en ese punto, incluso Bola de Nieve y Napoleón. Enviaron a Chillón a dar las explicaciones necesarias a los demás.

—¡Camaradas! —gritó—. Espero que no penséis que los cerdos hacemos esto con espíritu de egoísmo y de privilegio. La verdad es que a muchos no nos gustan la leche ni las manzanas. A mí, por ejemplo, no me gustan. El único objetivo que tenemos, al comer esas cosas, es preservar nuestra salud. La leche y las manzanas (lo ha demostrado la ciencia, camaradas) contienen sustancias totalmente necesarias para el bienestar del cerdo. Los cerdos trabajamos con el cerebro. La gestión y la organización de esta granja dependen de nosotros. Día y noche velamos por vuestro bienestar. Es por *vuestro* bien que bebemos la leche y comemos las manzanas. ¿Sabéis qué ocurriría si los cerdos no cumpliéramos con nuestro deber? ¡Volvería Jones! ¡Sí, volvería Jones! Y no creo, camaradas —exclamó Chillón, casi suplicante, brincando y moviendo la cola—, que ninguno de vosotros quiera ver de nuevo a Jones.

Si de algo los animales estaban completamente seguros era de que no querían la vuelta de Jones. Al oír las cosas explicadas de ese modo no encontraron nada que objetar. La importancia de conservar el buen estado de salud de los cerdos era demasiado evidente. Se acordó entonces, sin más discusión, que la leche y las manzanas caídas (y también el grueso de la cosecha, cuando madurase) se reservarían solo para los cerdos.

IV

A finales del verano la noticia de lo que había ocurrido en la Granja Animal se conocía en medio condado. Todos los días Bola de Nieve y Napoleón enviaban bandadas de palomas con instrucciones de mezclarse con los animales de las granjas vecinas, contarles la historia de la Rebelión y enseñarles la canción «Bestias de Inglaterra».

El señor Jones había pasado la mayor parte de ese tiempo en el bar León Rojo de Willingdon, quejándose ante quien quisiera escucharlo de la monstruosa injusticia que había sufrido al ser expulsado de su propiedad por una panda de animales inútiles. En principio, los otros agricultores se mostraron comprensivos, pero no le prestaron mucha ayuda. En el fondo, cada uno se preguntaba en secreto si no podría sacar alguna ventaja de la desgracia de Jones. Era una suerte que los propietarios de las dos granjas lindantes con la Granja Animal se llevaran siempre mal. Una de ellas, llamada Monterraposo, era una granja grande, olvidada, anticuada, cubierta de bosques, con todas las tierras de pastoreo agotadas y los setos en vergonzoso estado. Su dueño, el señor Pilkington, era un hacendado bonachón que pasaba la mayor parte de su tiempo pescando o cazando, según la temporada. La otra granja, llamada

Campocorto, era más pequeña y estaba mejor conservada. Su dueño era el señor Frederick, hombre duro, astuto, metido permanentemente en pleitos y famoso por su capacidad para regatear. Los dos se odiaban tanto que les costaba llegar a acuerdos, aunque fuera en defensa de sus propios intereses.

Sin embargo, ambos estaban asustados por la rebelión de la Granja Animal, y muy interesados en impedir que sus propios animales se enteraran de los detalles. Al principio se lo tomaron en broma y ridiculizaron la idea de que los animales pudieran gestionar la granja. En quince días habría terminado todo, decían. Hicieron correr el rumor de que los animales de la Granja Solariega (insistían en llamarla Granja Solariega; no toleraban el nombre Granja Animal) estaban todo el tiempo peleando entre ellos y también muriéndose poco a poco de hambre.

Cuando pasó el tiempo y fue evidente que los animales no se morían de hambre, Frederick y Pilkington cambiaron de estrategia y empezaron a hablar de las maldades terribles que ahora se cometían en la Granja Animal.

Anunciaron que los animales practicaban el canibalismo, se torturaban unos a otros con herraduras al rojo vivo y compartían a sus hembras. Eso era lo que pasaba por rebelarse contra las leyes de la naturaleza, decían Frederick y Pilkington.

No obstante, nadie terminaba de creer esas historias. Los rumores acerca de una granja espléndida en la que habían expulsado a los seres humanos y los animales se ocupaban de sus propios asuntos siguieron circulando de manera vaga y distorsionada, y durante todo ese año una ola de rebeldía recorrió el campo. Los toros que siempre habían sido dóciles se volvieron de repente salvajes, las ovejas derribaban los setos y devoraban el trébol, las vacas pateaban el balde, los caballos de caza se negaban a saltar las vallas y arrojaban por encima a los jinetes. Sobre todo, nadie desconocía la melodía ni siquiera las palabras de «Bestias de Inglaterra», que se habían propagado con una velocidad asombrosa. Los seres humanos no podían contener la rabia al oír esa canción, pero actuaban como si solo les pareciera algo ridículo. Decían que no entendían cómo hasta los animales podían prestarse a cantar semejante tontería. Todo animal sorprendido cantando esa canción recibía una paliza en el acto. Sin embargo, era algo irreprimible. Los mirlos la silbaban en los setos, las palomas la arrullaban en los olmos, se metía en el estruendo de las herrerías y en la melodía de las campanas de las iglesias. Y cuando los seres humanos la escuchaban, en el fondo se estremecían porque oían en ella una profecía de su futura condena.

A principios de octubre, cuando el maíz estaba cortado y apilado y en parte ya trillado, llegó revoloteando por el aire una bandada de palomas que se posó en el patio de la Granja Animal con gran alboroto. Jones y todos sus hombres, con media docena de peones empleados por Monterraposo y Campocorto, habían entrado por el portón de la granja y se acercaban por el camino para carros. Todos llevaban palos, menos Jones, que iba delante empuñando un arma. No había duda de que iban a intentar la reconquista de la granja.

Eso era algo que esperaban desde hacía mucho tiempo y habían hecho todos los preparativos. Bola de Nieve, que había estudiado un viejo libro de las campañas de Julio César encontrado en la granja, estaba a cargo de las operaciones defensivas. Dio sus órdenes con rapidez y en un par de minutos cada animal ocupó su puesto.

Cuando los seres humanos se acercaron a los edificios

de la granja, Bola de Nieve lanzó el primer ataque. Todas las palomas, treinta y cinco en total, empezaron a dar vueltas en el aire y a evacuar sobre las cabezas de los hombres, y mientras los hombres estaban distraídos los gansos, que se habían escondido detrás del seto, se les echaron encima y les picotearon con saña las pantorrillas. Pero aquello no era más que una escaramuza para distraerlos, para crear un poco de desorden, y los hombres, con los palos, echaron con facilidad a los gansos. Bola de Nieve lanzó entonces la segunda línea de ataque. Muriel, Benjamín y todas las ovejas, con Bola de Nieve a la cabeza, se abalanzaron sobre ellos y los rodearon y embistieron mientras Benjamín los coceaba con las pequeñas pezuñas. Pero los hombres, con los palos y las botas de suela claveteada, lograron imponerse, y de repente, ante un chillido de Bola de Nieve, que era la señal de retirada, todos los animales dieron media vuelta y huyeron metiéndose por la puerta del corral.

Los hombres lanzaron un grito de triunfo. Vieron, imaginaron, que sus enemigos escapaban, y los persiguieron en desorden. Eso era lo que Bola de Nieve esperaba. En cuanto entraron en el corral, los tres caballos, las tres vacas y los restantes cerdos, que habían estado al acecho en el establo, aparecieron de repente por la retaguardia, cortándoles la retirada. Bola de Nieve dio la orden de atacar. Él mismo se arrojó sobre Jones. Jones lo vio venir, levantó la escopeta y disparó.

Los perdigones dejaron unas rayas sanguinolentas en el lomo de Bola de Nieve y una oveja cayó muerta. Sin detenerse ni un instante, Bola de Nieve arrojó sus noventa kilos contra las piernas de Jones. Jones voló y fue a caer sobre un montón de estiércol y la escopeta se le escapó de las manos. Pero el espectáculo más aterrador era el de

Boxeador encabritado sobre las patas traseras y arremetiendo con los enormes cascos herrados como un semental. Su primer golpe alcanzó en el cráneo a un mozo de cuadra de Monterraposo, que quedó tendido sin vida en el lodo. Al ver eso, varios hombres soltaron los palos y trataron de huir, presas del pánico. Juntos, los animales los persiguieron por todo el corral. Los corneaban, los pateaban, los mordían, los pisoteaban. No hubo un solo animal en la granja que no se vengara de ellos a su manera. Hasta la gata saltó repentinamente de un tejado y aterrizó sobre los hombros de un vaquero, a quien hundió las garras en el cuello, arrancándole un grito horrible. En un momento se abrió la puerta y los hombres aprovecharon para salir corriendo, buscando desesperados la carretera. Así, cinco minutos después de su invasión, se batieron en ignominiosa retirada por el mismo camino que los había traído, perseguidos por una bandada de siseantes gansos que no dejaban de picotearles las pantorrillas.

Se habían ido todos los hombres menos uno. En el corral, Boxeador empujaba con una pezuña al mozo de cuadra que yacía boca abajo en el lodo, tratando de darle la vuelta. El muchacho no se movía.

—Está muerto —dijo Boxeador con tristeza—. No tenía ninguna intención de hacer eso. Me olvidé de que llevaba zapatos de hierro. ¿Quién va a creer que no lo hice a propósito?

—¡Nada de sentimentalismo, camarada! —gritó Bola de Nieve, de cuyas heridas seguía manando sangre—. La guerra es la guerra. El único ser humano bueno es el ser humano muerto.

—No deseo quitar la vida a nadie, ni siquiera a un ser humano —repitió Boxeador; tenía los ojos llenos de lágrimas.

—¿Dónde está Marieta? —exclamó alguien.

Era cierto que faltaba Marieta. Por un momento se alarmaron mucho; temían que los hombres le hubieran hecho algún daño, o incluso que se la hubieran llevado. Pero al final la encontraron escondida en su establo con la cabeza metida en el heno del pesebre. Al oír el disparo de la escopeta había echado a correr. Y cuando volvieron después de buscarla, descubrieron que el mozo de cuadra, que en realidad solo estaba aturdido, se había recuperado y había huido.

Muy excitados, los animales habían vuelto a reunirse, y cada uno contaba a voz en cuello sus hazañas en la batalla. De inmediato improvisaron una celebración de la victoria. Izaron la bandera y cantaron varias veces «Bestias de Inglaterra»; después organizaron un solemne funeral por la oveja muerta y colocaron encima de su tumba una mata de espino. Junto a la tumba, Bola de Nieve pronunció un pequeño discurso, haciendo hincapié en la necesidad de que todos los animales se prepararan para morir por la Granja Animal si fuera necesario.

Los animales decidieron unánimemente crear una condecoración militar, «Héroe animal de primera clase», que en el acto fue conferida a Bola de Nieve y Boxeador. Consistía en una medalla de bronce (en realidad eran viejos adornos de latón que habían encontrado en el guadarnés) para usar los domingos y los días festivos. También crearon «Héroe animal de segunda clase» que, a título póstumo, fue conferida a la oveja muerta.

Discutieron mucho qué nombre poner a la batalla. Al final la llamaron Batalla del Establo de las Vacas, ya que era allí donde se había producido la emboscada. La escopeta del señor Jones apareció tirada en el barro, y se sabía que había una provisión de cartuchos en la casa. Se decidió colocar el arma al pie del mástil, como una pieza de artillería, y dispararla dos veces al año: una el 12 de octubre, aniversario de la Batalla del Establo, y otra el día de San Juan, aniversario de la Rebelión.

V

A medida que se acercaba el invierno, Marieta se iba volviendo más fastidiosa. Llegaba tarde al trabajo todas las mañanas y se disculpaba diciendo que se había quedado dormida, y se quejaba de dolores misteriosos aunque tenía un excelente apetito. Con cualquier pretexto abandonaba el trabajo e iba al bebedero, donde se quedaba mirando su propio reflejo en el agua como una tonta. Pero también había rumores de algo más serio. Un día, cuando Marieta salió despreocupadamente al corral, coqueteando con la larga cola y mascando un tallo de heno, Trébol la llevó aparte.

—Marieta —dijo—, tengo algo muy serio que decirte. Esta mañana te vi mirando por encima del seto que separa la Granja Animal de Monterraposo. Del otro lado del seto andaba uno de los peones del señor Pilkington. Y aunque yo estaba muy lejos, tengo casi la certeza de haber visto que te hablaba y que tú te dejabas acariciar la nariz. ¿Qué significa eso, Marieta?

—¡No, no hizo eso! ¡Yo no estaba allí! ¡No es cierto! —exclamó Marieta, empezando a hacer cabriolas y a patear el suelo.

—¡Marieta! Mírame a la cara. ¿Me das tu palabra de honor de que ese hombre no te estaba acariciando la nariz?

—¡No es cierto! —repitió Marieta, pero no podía mirar a Trébol a la cara; de repente echó a correr y se alejó al galope hacia el campo.

A Trébol se le ocurrió una idea. Sin decir nada a los demás, fue al establo de Marieta y revolvió la paja con la pata. Escondidos debajo de la paja había un montoncito de terrones de azúcar y varias cintas de diferentes colores.

Tres días más tarde Marieta desapareció. Durante algunas semanas nada se supo de su paradero, y entonces las palomas informaron de que la habían visto al otro lado de Willingdon. Estaba entre las varas de un elegante carro pintado de rojo y negro, detenido delante de una taberna. Un hombre gordo de cara enrojecida, pantalones bombachos a cuadros y polainas, que parecía un tabernero, le acariciaba la nariz y le daba azúcar. Marieta tenía el pelo recién cortado y llevaba una cinta escarlata en la crin. Según las palomas, parecía muy satisfecha. Ninguno de los animales mencionó nunca más su nombre.

En enero hizo un frío glacial. La tierra era como hierro y nada se podía hacer en el campo. Se celebraron muchas reuniones en el establo principal y los cerdos se ocuparon de planificar el trabajo de la temporada siguiente. Se había llegado a aceptar que los cerdos, manifiestamente más inteligentes que el resto de los animales, debían decidir todas las cuestiones de política agrícola, aunque había que ratificar sus decisiones por mayoría de votos. Ese acuerdo habría funcionado razonablemente si no fuera por las disputas entre Bola de Nieve y Napoleón. Discrepaban en cuanto fuera posible discrepar. Si uno proponía sembrar una superficie mayor de cebada, el otro con seguridad exigía una superficie mayor de avena, y si uno decía que tal o cual campo era perfecto para repollos, el otro declaraba que solo servía para tubérculos. Cada uno tenía sus propios seguidores y había debates violentos. En las reuniones Bola de Nieve obtenía a menudo la mayoría con sus brillantes discursos, pero Napoleón tenía más capacidad para obtener apoyos en los intervalos. Sobre todo tenía éxito con las ovejas. En los últimos tiempos a las ovejas les había dado por balar: «Cuatro patas, sí; dos patas, no» en cualquier momento, interrumpiendo a menudo la reunión. Se observó que tendían a salir con «Cuatro patas, sí; dos patas, no» en los momentos decisivos de los discursos de Bola de Nieve. Bola de Nieve había estudiado de manera minuciosa algunos viejos números de *Agricultor y ganadero*, que había encontrado en la granja, y estaba lleno de planes para innovaciones y mejoras. Hablaba con autoridad sobre el drenaje de los campos, el ensilaje y el tratamiento de la basura, y había elaborado un complicado proyecto para que todos los animales dejaran su estiércol directamente en los campos, en un lugar diferente cada día, para ahorrar el trabajo de acarreo.

Napoleón no presentaba proyectos propios, pero por lo bajo andaba diciendo que los de Bola de Nieve no servirían para nada, y parecía estar esperando el momento oportuno. Pero de todas sus controversias, ninguna fue tan reñida como la que los enfrentó por el molino de viento.

En la extensa pradera, no lejos de los edificios, había una pequeña loma que era el punto más alto de la granja. Después de inspeccionar el terreno, Bola de Nieve declaró que ese era el sitio indicado para instalar un molino de viento, que haría funcionar una dinamo y suministraría energía eléctrica a la finca. Eso permitiría dar luz a las cuadras y poner calefacción en invierno, y también haría funcionar una sierra circular, una trituradora de paja, una cortadora de remolacha forrajera y una ordeñadora eléctrica. Los animales nunca habían oído hablar de nada parecido (la granja era anticuada y solo tenía la maquinaria más primitiva), y escuchaban con asombro, mientras Bola de Nieve evocaba imágenes de máquinas fantásticas que harían su trabajo mientras ellos pastaban a sus anchas en el campo o cultivaban la mente con la lectura y la conversación.

A las pocas semanas, Bola de Nieve terminó de perfeccionar los planos para la construcción del molino. Los detalles mecánicos provenían sobre todo de tres libros que habían pertenecido al señor Jones: *Mil cosas útiles para la casa*, *Cada hombre tiene su albañil* y *Electricidad para principiantes*. En el cobertizo que Bola de Nieve usaba como estudio habían estado antes las incubadoras, y tenía un suelo de madera suave, adecuado para dibujar encima. Se encerraba allí durante horas. Con los libros abiertos mediante la ayuda de una piedra, apretando un pedazo de tiza con la pezuña, avanzaba y retrocedía con rapidez, dibujando una línea tras otra y profiriendo gemidos de excitación. Poco a poco, los planos se convirtieron en una masa complicada de manivelas y ruedas dentadas que cubrían más de la mitad del suelo y que para los demás animales resultaban completamente ininteligibles pero muy impresionantes. Todos acudían a ver los dibujos de Bola de Nieve por lo menos una vez al día. Hasta las gallinas y los patos iban, y se esforzaban por no pisar las marcas de tiza. Solo Napoleón se mantenía al margen. Desde el principio se había declarado contrario al molino de viento. Sin embargo, un día apareció de manera inesperada para examinar los planos. Caminó pesadamente por el cobertizo, observando de cerca cada detalle y olfateándolo un par de veces antes de quedarse un rato contemplándolo por el rabillo del ojo; de repente levantó la pata, orinó sobre los dibujos y salió sin pronunciar una palabra.

La granja entera estaba profundamente dividida por el

tema del molino de viento. Bola de Nieve no negaba que la construcción sería una empresa difícil. Habría que transportar las piedras e ir colocándolas en las paredes; después habría que fabricar las aspas y a continuación necesitarían dinamos y cables. (Bola de Nieve no decía cómo harían para conseguirlos.) Pero sostenía que en un año se podría hacer todo. Y a partir de ese momento, declaraba, se ahorraría tanto trabajo que los animales solo tendrían que trabajar tres días a la semana. Napoleón, por su parte, sostenía que la gran necesidad del momento era aumentar la producción de alimentos, y que si perdían el tiempo con el molino de viento todos se morirían de hambre. Los animales se dividieron en dos facciones, cada una con su lema: «Vote por Bola de Nieve y la semana de tres días» y «Vote por Napoleón y el pesebre lleno». Benjamín era el único animal que no se había aliado con ninguno de los bandos. Se negaba a creer que hubiera más abundancia de comida o que el molino de viento les ahorrara trabajo. Con o sin molino de viento, decía, la vida seguiría siendo la misma de siempre: es decir, mala.

Aparte de las disputas sobre el molino de viento, estaba la cuestión de la defensa de la granja. Sabían bien que, aunque los seres humanos habían sido derrotados en la Batalla del Establo, podrían hacer otro intento, más decidido, por recuperar la granja y restituir al señor Jones. Razones no les faltaban, porque la noticia de su derrota se había extendido por el campo y había puesto más nerviosos que nunca a los animales de las granjas vecinas. Como de costumbre, Bola de Nieve y Napoleón estaban en desacuerdo. Según Napoleón, lo que los animales debían hacer era conseguir armas de fuego y aprender a usarlas. Según Bola de Nieve, debían enviar cada vez más palomas y provocar la rebelión de los animales de las otras granjas. El primero argumentaba que si no podían defenderse serían fatalmente conquistados y el segundo argumentaba que si se producían rebeliones en todas partes, no necesitarían defenderse. Los animales escuchaban primero a Napoleón y después a Bola de Nieve y no sabían a quién dar la razón; de hecho, siempre estaban de acuerdo con el que hablaba en ese momento.

Por fin llegó el día en el que quedaron terminados los planos de Bola de Nieve. En la reunión del domingo siguiente se sometería a votación el proyecto de construcción del molino de viento. Cuando los animales estuvieron reunidos en el establo principal, Bola de Nieve se levantó y, a pesar de algunas interrupciones por los balidos de las ovejas, expuso sus razones para defender la construcción del molino. Después Napoleón se levantó para responder. Dijo, sin levantar la voz, que el molino era una tontería, aconsejó que nadie votara por él y enseguida volvió a sentarse; apenas había hablado treinta segundos y parecía indiferente al efecto de sus palabras. Al oírlas, Bola de Nieve se levantó de un salto, hizo callar con un grito a las ovejas, que habían empezado a balar de nuevo, e inició un apasionado llamamiento en favor del molino de viento. Hasta ese momento las simpatías de los animales habían estado casi repartidas por igual, pero por un instante la elocuencia de Bola de Nieve los había entusiasmado. Con frases brillantes pintó un retrato de cómo sería la granja si los animales no tuvieran que soportar el peso del sórdido trabajo. Ahora su imaginación iba mucho más allá de las trituradoras de paja y las cortadoras de nabos. La electricidad, decía, podría hacer funcionar trilladoras, arados, gradas, rodillos, segadoras y empacadoras, además de dar a cada establo su propia luz eléctrica, agua caliente y fría y calefacción. Cuando terminó de hablar, no había ninguna duda sobre el resultado de la votación. Pero en ese momento Napoleón se levantó, echó una extraña mirada de reojo a Bola de Nieve y lanzó un chillido estridente como nadie le había conocido jamás.

De repente se produjo un terrible aullido fuera, y nueve perros enormes con collares tachonados de clavos entraron violentamente en el establo. Se lanzaron directamente hacia Bola de Nieve, que apenas logró saltar a tiempo para escapar de sus colmillos.

En un instante salió por la puerta, perseguido por los perros. Demasiado asombrados y asustados para hablar, los animales se apiñaron en la puerta para observar la persecución. Bola de Nieve corría por las largas tierras de pastoreo que llevaban a la carretera. Corría como solo un cerdo puede correr, pero los perros le pisaban los talones. De repente resbaló y pareció que ya le darían alcance. Se levantó y siguió corriendo más rápido que nunca, mientras los perros acortaban la distancia. Uno de ellos casi logró atrapar con la mandíbula la cola de Bola de Nieve, pero Bola de Nieve la apartó a tiempo. Después hizo un esfuerzo adicional y, con unos centímetros de ventaja, se escabulló por un agujero que había en el seto y no se lo vio más.

Silenciosos y aterrorizados, los animales volvieron cabizbajos al establo. En un instante reaparecieron los perros. Al principio nadie entendía de dónde habían salido esas criaturas, pero pronto se resolvió el problema: eran los cachorros que Napoleón había quitado a sus madres y criado de manera particular. Aunque todavía no eran totalmente adultos, tenían un tamaño enorme y aspecto de lobos feroces. Se acercaron a Napoleón y se vio que le meneaban la cola como solían hacer los otros perros con el señor Jones.

Napoleón, acompañado por los perros, subió hasta la parte elevada del suelo desde donde había pronunciado su discurso el Comandante. Anunció que a partir de ese momento no habría más reuniones los domingos por la mañana. Eran innecesarias, dijo, y una pérdida de tiempo. En el futuro todas las cuestiones relativas al funcionamiento de la granja serían resueltas por un comité especial de cerdos presidido por él mismo. Ese comité se reuniría a puertas cerradas y después comunicaría sus decisiones a los demás. Los animales seguirían reuniéndose los domingos por la mañana para saludar la bandera, cantar «Bestias de Inglaterra» y recibir las órdenes de la semana, pero no habría más debates.

A pesar de la conmoción provocada por la expulsión de Bola de Nieve, ese anuncio consternó a los animales. Varios de ellos habrían protestado si hubiesen podido encontrar los argumentos adecuados. Hasta Boxeador estaba algo perturbado. Echó las orejas hacia atrás, sacudió varias veces la crin y se esforzó por poner en orden los pensamientos; al final no se le ocurrió nada que decir. Pero algunos de los cerdos eran más elocuentes. Cuatro cochinos jóvenes situados en la primera fila lanzaron estridentes chillidos de desaprobación, y los cuatro se pusieron de pie y empezaron a hablar al mismo tiempo. De repente, los perros sentados alrededor de Napoleón soltaron unos gruñidos graves y amenazadores y los cerdos callaron y volvieron a sentarse. Entonces las ovejas se pusieron a balar con tremenda fuerza «¡Cuatro patas, sí; dos patas, no!»; el griterío se prolongó durante casi un cuarto de hora y puso fin a cualquier posibilidad de discusión.

Después enviaron a Chillón a recorrer la granja para explicar las nuevas disposiciones a los demás.

—Camaradas —decía—, confío en que todos los animales aprecien el sacrificio que ha hecho el camarada Napoleón al asumir esta nueva tarea. ¡No imaginéis, camaradas, que el liderazgo es un placer! Por el contrario, es una honda y pesada responsabilidad. Nadie cree con más firmeza que el camarada Napoleón en la igualdad de todos los animales. Le encantaría dejar que vosotros tomarais vuestras decisiones. Pero a veces podríais equivocaros, camaradas, y ¿qué pasaría entonces? ¿Qué pasaría, por ejemplo, si hubierais decidido apoyar a Bola de Nieve y su estupidez sobre los molinos de viento, a Bola de Nieve, que, como ahora sabemos, no es más que un criminal?

—Luchó con valentía en la Batalla del Establo de las Vacas —dijo alguien.

—La valentía no basta —dijo Chillón—. La lealtad y la obediencia son más importantes. Y en cuanto a la Batalla del Establo de las Vacas, creo que llegará el momento en que descubriremos que la participación de Bola de Nieve se exageró mucho. ¡Disciplina, camaradas, disciplina de hierro! Esa es hoy la consigna. Un paso en falso y los enemigos se nos echarán encima. Estoy seguro, camaradas, de que nadie desea que vuelva Jones.

De nuevo, ese argumento era incontestable. Los animales no querían, por supuesto, que volviera Jones, y si la celebración de debates domingueros podía conducir a su regreso, debía suspenderse. Boxeador, que había tenido tiempo para reflexionar, expresó el sentimiento general con estas palabras: «Si el camarada Napoleón lo dice, debe de ser cierto». Y adoptó la máxima: «Napoleón siempre tiene razón», que añadió a su lema personal: «Trabajaré más duro».

A esas alturas el tiempo había cambiado y los trabajos de labranza habituales en la primavera estaban comenzando. El cobertizo donde Bola de Nieve había dibujado los planos del molino de viento estaba cerrado y se suponía que los planos habían sido borrados del suelo. Todos los domingos a las diez de la mañana los animales se reunían en el establo principal para recibir las órdenes semanales.

Habían desenterrado de la huerta el cráneo del Viejo Comandante, ahora despojado de la carne, y lo habían colocado sobre un tocón, al pie del mástil, junto a la escopeta. Después de izar la bandera, los animales tenían que desfilar por delante del cráneo de manera reverente antes de entrar en el establo. Ahora no se sentaban todos juntos cómo en otra época.

Napoleón, con Chillón y otro cerdo llamado Mínimus, que poseía un extraordinario don para componer canciones y poemas, se sentaba en la parte delantera de la plataforma elevada, con los nueve perros jóvenes formando un semicírculo alrededor y los otros cerdos sentados detrás. Los demás animales se sentaban frente a ellos en el cuerpo principal del establo. Napoleón daba lectura a las resoluciones de la semana en un áspero estilo militar, y después de cantar una sola vez «Bestias de Inglaterra», todos los animales se dispersaban.

El tercer domingo después de la expulsión de Bola de Nieve, los animales se sorprendieron bastante al oír a Napoleón anunciar que después de todo se construiría el molino de viento. No explicó por qué había cambiado de idea, pero advirtió a los animales de que esa tarea adicional implicaría un trabajo muy duro; incluso podrían llegar a tener que reducir las raciones. Pero los planos estaban preparados hasta el último detalle. Un comité especial de cerdos había estado trabajando en ellos durante las tres últimas semanas. Se calculaba que la construcción del edificio, con algunas otras mejoras, llevaría dos años.

Esa noche, Chillón explicó en privado al resto de los animales que en realidad Napoleón nunca se había opuesto al molino de viento. Por el contrario, él había sido el primero en proponerlo, y el plano que Bola de Nieve había dibujado en el suelo del cobertizo de la incubadora había sido robado de entre los papeles de Napoleón. El molino de viento era, de hecho, creación de Napoleón. ¿Por qué, entonces, preguntó alguien, se había opuesto a su construcción de manera tan tenaz? En el rostro de Chillón se dibujó una expresión traviesa. Eso, dijo, había sido pura astucia del camarada Napoleón. Solo había parecido que se oponía al molino de viento como una maniobra para deshacerse de Bola de Nieve, que era un personaje peligroso y una mala influencia. Ahora que habían quitado de en medio a Bola de Nieve, el plan podría seguir adelante sin su interferencia. Eso, dijo Chillón, se llamaba táctica. Lo repitió varias veces: «¡Táctica, camaradas, táctica!», saltando y moviendo la cola con una risa alegre. Los animales no sabían bien qué significaba esa palabra, pero Chillón había sido tan persuasivo y los tres perros que lo acompañaban gruñeron de manera tan amenazadora que aceptaron su explicación sin más preguntas.

VI

Todo ese año los animales trabajaron como esclavos. Pero el trabajo los hacía felices; como sabían que todo lo que hacían los beneficiaría a ellos y a sus descendientes y no a una pandilla de seres humanos ociosos y ladrones, no ahorraban esfuerzos ni sacrificios.

Durante toda la primavera y el verano trabajaron sesenta horas por semana, y en agosto Napoleón anunció que también tendrían que trabajar los domingos por la tarde. Ese trabajo era estrictamente voluntario, pero el animal que se negara a hacerlo vería reducidas sus raciones a la mitad. Aun así, no pudieron cumplir ciertas tareas. La cosecha no había sido tan buena como el año anterior, y dos campos donde tendrían que haber sembrado tubérculos a comienzos del verano seguían esperando porque no habían podido ararlos a tiempo. Poco costaba prever que el siguiente invierno sería muy duro.

El molino de viento presentó dificultades inesperadas. Tenían una buena cantera de piedra caliza en la granja, y habían encontrado una gran cantidad de arena y cemento en una de las dependencias, de manera que todos los materiales para la construcción estaban a su alcance. Pero el problema que en un primer momento no pudieron resolver los animales fue cómo romper la piedra en trozos del tamaño adecuado. Parecía que la única manera de hacerlo era con picos y palancas, que ningún animal podía utilizar porque no andaba erguido sobre las patas traseras. Solo después de semanas de esfuerzo vano tuvo alguien la idea apropiada: utilizar la fuerza de la gravedad. El fondo de la cantera estaba cubierto de enormes cantos rodados, demasiado grandes para ser utilizados. Los animales los ataban con cuerdas y después, todos juntos, vacas, caballos, ovejas, cualquier animal que pudiera aferrar la cuerda —a veces incluso participaban los cerdos en los momentos críticos—, los arrastraban con lentitud desesperante por la ladera hasta la cima de la cantera, desde donde los arrojaban por el borde para que al caer se rompieran en pedazos. El transporte de la piedra una vez rota era relativamente sencillo. Los caballos se la llevaban en el carro, las ovejas arrastraban bloques individuales; hasta Muriel y Benjamín, tirando de un coche de gobernanta, hacían lo suyo. A finales del verano habían acumulado una cantidad suficiente de piedra y entonces dieron comienzo a la construcción, supervisados por los cerdos.

Pero era un proceso lento y laborioso. Con frecuencia tardaban un día entero de esfuerzo agotador en arrastrar una sola piedra hasta la cima de la cantera, y a veces, cuando la arrojaban por el borde, no se rompía. Nada hubiera sido posible sin Boxeador, cuya fuerza parecía equivaler a la del resto de los animales juntos.

Cuando la piedra empezaba a resbalar y los animales, arrastrados ladera abajo, gritaban desesperados, era siempre Boxeador quien, sujetando con fuerza la cuerda, lograba detener la piedra. Verlo afanarse centímetro a centímetro cuesta arriba, jadeando, arañando el suelo con las puntas de los cascos, los enormes flancos empapados de sudor, despertaba la admiración de todos. Trébol le advertía a veces que se cuidara y no se esforzara tanto, pero Boxeador nunca le hacía caso. En sus dos lemas («Trabajaré más duro» y «Napoleón siempre tiene razón») parecía encontrar respuesta suficiente a todos sus problemas. Había acordado con el gallo joven que lo llamara no media hora sino tres cuartos de hora más temprano todas las mañanas. Y en los ratos libres, que ahora no le sobraban, iba solo a la cantera, preparaba una carga de piedra picada y la arrastraba sin ayuda hasta el lugar donde se encontraba el molino de viento.

A pesar de la dureza del trabajo, los animales no pasaron tan mal ese verano. Aunque no había más comida que en la época de Jones, tampoco había menos. La ventaja de tener que alimentarse ellos solos, y no tener que mantener a cinco extravagantes seres humanos, era tan grande que harían falta muchos fracasos para perderla. Y en muchos sentidos la manera animal de hacer las cosas era más eficiente y ahorraba trabajo. Por ejemplo, la tarea de arrancar las malas hierbas se podía hacer con una minuciosidad imposible para los seres humanos. Además, como ahora ningún animal robaba, no hacía falta utilizar cercas para separar los pastizales de las tierras cultivables, lo que ahorraba mucha mano de obra destinada al mantenimiento de setos y puertas. Sin embargo, al avanzar el verano empezaron a escasear de manera imprevista algunas cosas. Faltaba queroseno, clavos, cuerdas, galletas para perros y también hierro para las herraduras de los caballos, nada de lo cual podía producirse en la granja. Más tarde también harían falta semillas y abonos artificiales, además de algunas herramientas y, finalmente, la maquinaria para el molino de viento. No se les ocurría cómo podrían conseguir todo eso.

Un domingo por la mañana, cuando los animales se reunieron para recibir las habituales órdenes, Napoleón anunció que había decidido adoptar una nueva política. A partir de ese momento la Granja Animal iniciaría un intercambio con las granjas vecinas: no, por supuesto, con ánimo comercial, sino para obtener ciertos materiales que necesitaban con urgencia. Las necesidades del molino de viento tendrían prioridad sobre todo lo demás, dijo. Estaba, por lo tanto, negociando la venta de una pila de heno y parte de la cosecha de trigo del año en curso, y luego, si hiciera falta más dinero, tendrían que recurrir a la venta de huevos, para lo que siempre había un mercado en Willingdon. Las gallinas, dijo Napoleón, deberían aceptar ese sacrificio como contribución especial a la construcción del molino de viento.

De nuevo, los animales sintieron una vaga inquietud. No tener nunca trato alguno con los seres humanos, no dedicarse nunca al comercio, no usar nunca dinero... ¿No eran esas algunas de las decisiones adoptadas en aquella primera reunión triunfal después de la expulsión de Jones? Todos los animales recordaban haber aprobado esas resoluciones, o al menos creían que lo recordaban. Los cuatro cerdos jóvenes que habían protestado cuando Napoleón abolió las reuniones levantaron tímidamente la voz, pero fueron silenciados de inmediato por los tremendos gruñidos de los perros. Entonces, como de costumbre, irrumpieron las ovejas con «¡Cuatro patas, sí; dos patas, no!», y la momentánea tensión se aflojó. Napoleón levantó la pezuña pidiendo silencio y anunció que ya tenía todo dispuesto. No haría falta que ninguno de los animales entrara en contacto con seres humanos, lo que sería muy indeseable. Él cargaría con toda la responsabilidad. Un tal Whymper, abogado que vivía en Willingdon, había accedido a actuar como intermediario entre los animales de la Granja Animal y el mundo exterior, y visitaría la granja todos los lunes por la mañana para recibir instrucciones. Napoleón cerró el discurso con el habitual grito de «¡Viva la Granja Animal!» y tras cantar «Bestias de Inglaterra» dio por terminado el acto.

Después Chillón recorrió la granja tranquilizando a los animales. Les aseguró que la resolución contra la participación en el comercio y el uso de dinero nunca se había aprobado, ni siquiera sugerido. Era pura imaginación, y quizá se podía rastrear su origen en mentiras difundidas por Bola de Nieve.

Algunos animales seguían con dudas, y Chillón les hizo una pregunta astuta: «¿Estáis seguros de que no lo habéis soñado, camaradas? ¿Tenéis algún registro de esa resolución? ¿Está escrita en alguna parte?». Y como era cierto que nada de eso existía por escrito, los animales aceptaron con satisfacción su error.

Todos los lunes, como se había acordado, el señor Whymper visitaba la granja. Era un astuto hombrecito de patillas, abogado de poca monta pero lo bastante listo para haber comprendido antes que nadie que la Granja Animal necesitaría un agente al que bien valdría la pena pagar comisiones. Los animales observaban su ir y venir con algo de terror y lo evitaban en la medida de lo posible. Sin embargo, ver a Napoleón impartiendo órdenes sobre las cuatro patas a Whymper, que andaba sobre dos, los llenaba de orgullo y hasta cierto punto les permitía aceptar el nuevo plan. Su relación con la raza humana ya no era exactamente la misma de antes. Los seres humanos no odiaban menos la Granja Animal ahora que disfrutaba de cierta prosperidad; de hecho, la odiaban más que nunca. Todo ser humano tenía para sí que la finca quebraría tarde o temprano y, sobre todo, que el molino de viento sería un fracaso. Se reunían en las tabernas y mediante diagramas se demostraban que el molino caería forzosamente, y que si seguía en pie no funcionaría nunca. Sin embargo, contra su voluntad, empezaban a sentir cierto respeto por la eficiencia con que los animales gestionaban sus propios asuntos. Síntoma de ese cambio era que habían dejado de llamar a la finca Granja Solariega y empezaban a llamarla por su propio nombre, Granja Animal. Tampoco defendían más a Jones, que había perdido la esperanza de recuperar su granja y se había ido a vivir a otra parte del condado. Fuera de la intermediación de Whymper, no había aún ningún contacto entre la Granja Animal y el mundo exterior, pero circulaban constantes rumores de que Napoleón estaba a punto de celebrar un acuerdo comercial con el señor Pilkington de Monterraposo o con el señor Frederick de Campocorto pero, por supuesto, nunca simultáneamente con los dos.

Fue en esa época cuando los cerdos se mudaron de repente a la casa de la granja y se establecieron allí. Una vez más, los animales creyeron recordar que al comienzo se había aprobado una resolución contraria a esa medida, y de nuevo Chillón logró convencerlos de su error. Era totalmente necesario, explicó, que los cerdos, como cerebros de la granja, tuvieran un sitio tranquilo para trabajar. También era más adecuado a la dignidad del líder (últimamente tenía la costumbre de dar a Napoleón el título de «líder») vivir en una casa que en una simple pocilga. No obstante, algunos de los animales se molestaron al saber que los cerdos no solo comían en la cocina y usaban el salón como lugar de recreo sino que también dormían en las camas. Como de costumbre, Boxeador quitó importancia al asunto repitiendo lo de «¡Napoleón siempre tiene razón!», pero Trébol, que creía recordar una firme disposición contra el uso de las camas, fue hasta el fondo del establo e intentó descifrar los siete mandamientos allí grabados. Como solo podía leer las letras una por una, recurrió a Muriel.

—Muriel —dijo—, léeme el cuarto mandamiento. ¿No dice algo acerca de no dormir nunca en una cama?

Muriel leyó con cierta dificultad.

—Dice: «Ningún animal dormirá en una cama con sábanas».

Curiosamente, Trébol no recordaba que el cuarto mandamiento mencionara las sábanas, pero como eso estaba en la pared, suponía que debía de ser cierto. Y Chillón, que pasaba por allí en ese momento, acompañado por dos o tres perros, logró poner las cosas en su justa perspectiva.

—¿Así que habéis oído, camaradas —dijo—, que ahora los cerdos duermen en las camas de la casa? ¿Y por qué no? Supongo que no iréis a pensar que alguna vez se prohibió el uso de las camas. Una cama significa nada más que un sitio para dormir. Bien mirado, un montón de paja en un establo es una cama. La norma prohibía las sábanas, que son una invención humana. Hemos quitado las sábanas de las camas de la casa y dormimos entre mantas. ¡Y vaya si son cómodas! Pero os puedo asegurar que no mucho más cómodas de lo necesario, camaradas, con todo el trabajo intelectual que ahora nos toca. ¿Verdad que no queréis privarnos de nuestro descanso, camaradas? ¿Verdad que no queréis vernos demasiado cansados para cumplir con nuestros deberes? Estoy seguro de que ninguno de vosotros desea que regrese Jones.

Los animales se apresuraron a tranquilizarlo, y no se volvió a tocar el tema de las camas y los cerdos. Y cuando se anunció, unos días después, que a partir de ese momento los cerdos dormirían por la mañana una hora más que el resto de los animales, tampoco hubo quejas.

Al llegar el otoño los animales estaban cansados pero

felices. Habían tenido un año duro, y después de la venta de parte de la paja y del maíz las reservas de alimentos para el invierno no eran muy abundantes, pero el molino de viento compensaba todo. Ya estaba casi a medio construir. Después de la cosecha hubo un período de tiempo despejado y seco y los animales se esforzaron más que nunca, pensando que valía la pena afanarse todo el día llevando y trayendo bloques de piedra si con eso podían levantar las paredes algunos centímetros más. Boxeador incluso iba por las noches y trabajaba por su cuenta durante una hora o dos a la luz de la luna llena.

En sus ratos libres los animales daban vueltas y vueltas alrededor del molino inconcluso, admirando la fortaleza y la perpendicularidad de sus paredes y maravillándose de su capacidad para construir algo tan imponente. Solo el viejo Benjamín se negaba a entusiasmarse con el molino de viento, aunque, como siempre, se limitaba a repetir el críptico comentario de que los burros viven mucho tiempo.

Llegó noviembre con furiosos vientos del suroeste. Hubo que detener la construcción porque el exceso de humedad impedía mezclar el cemento. Finalmente llegó una noche en la que el viento sopló con tanta violencia que hizo temblar los edificios y arrancó varias tejas del establo. Las gallinas se despertaron chillando de terror porque todas habían soñado al mismo tiempo con un disparo de escopeta a lo lejos. Por la mañana, al salir de los establos, los animales descubrieron que se había caído el mástil de la bandera y que un olmo, en un rincón de la huerta, había sido arrancado como si fuera un rábano. Acababan de ver eso cuando de la garganta de todos los animales brotó un grito de desesperación. Tenían ante ellos un terrible espectáculo. El molino estaba en ruinas.

Corrieron todos al mismo tiempo hacia el lugar. Napoleón, que rara vez salía siquiera a dar una vuelta, fue el más rápido. Sí, allí estaba, el fruto de todos sus esfuerzos completamente demolido, esparcidas por todas partes las piedras que tan laboriosamente habían partido y transportado. Mudos al principio, se quedaron mirando con tristeza el revoltijo de piedras caídas. Napoleón iba y venía en silencio, olfateando a veces el suelo. Se le había endurecido la cola y la torcía bruscamente de un lado a otro, lo que denotaba una intensa actividad mental. De repente se detuvo como si su mente hubiera llegado a una conclusión.

—Camaradas —dijo en voz baja—, ¿sabéis quién es el culpable de esto? ¿Sabéis quién es el enemigo que ha venido por la noche y ha derribado nuestro molino de viento? ¡Bola de Nieve! —rugió de repente con voz de trueno—. ¡Bola de Nieve ha hecho esto! Por pura maldad, pensando en retrasar nuestros planes y vengarse por su ignominiosa expulsión, ese traidor se ha arrastrado hasta aquí al amparo de la noche y ha destruido nuestro trabajo de casi un año. Camaradas, aquí y ahora pronuncio la sentencia de muerte de Bola de Nieve. Nombraré «Héroe animal de segunda clase» y le daré media fanega de manzanas al animal que haga justicia con él. ¡Una fanega entera a quien lo aprese con vida!

Los animales se quedaron estupefactos al enterarse de que Bola de Nieve podía ser el culpable de semejante acción. Hubo un grito de indignación y todo el mundo se puso a pensar en maneras de capturar a Bola de Nieve si alguna vez regresaba. Casi de inmediato aparecieron en la hierba, a poca distancia de la loma, las huellas de un cerdo. Solo se las podía seguir unos metros, pero parecían conducir a un agujero en el seto. Napoleón las olió y dictaminó que pertenecían a Bola de Nieve. Expresó su opinión de que Bola de Nieve probablemente había venido del lado de la granja de Monterraposo.

—¡Basta de demoras, camaradas! —gritó Napoleón después de estudiar las huellas—. Tenemos cosas que hacer. Esta misma mañana empezaremos a reconstruir el molino, y trabajaremos en él durante todo el invierno, llueva o truene. Enseñaremos a ese miserable traidor que no nos puede deshacer el trabajo con tanta facilidad. Recordad, camaradas, que no debe haber ninguna alteración en nuestros planes: los cumpliremos de manera inflexible. ¡Adelante, camaradas! ¡Viva el molino de viento! ¡Viva la Granja Animal!

VII

Fue un invierno duro. Al tiempo tormentoso siguieron nevadas y después una fuerte helada que duró hasta bien entrado febrero. Los animales siguieron trabajando con todas sus fuerzas en la reconstrucción del molino de viento, sabiendo que el mundo exterior los observaba y que los envidiosos seres humanos se alegrarían y celebrarían que el molino no estuviera terminado a tiempo.

Por rencor, los seres humanos fingían no creer que la destrucción del molino de viento fuera obra de Bola de Nieve: decían que se había caído porque las paredes eran demasiado delgadas. Los animales sabían que no era así. De todas formas, decidieron no dar esa vez a las paredes un espesor de cincuenta centímetros como antes sino de un metro, lo que significaba recoger cantidades de piedra mucho mayores. Durante mucho tiempo la cantera estuvo cubierta de nieve, lo que impedía utilizarla. Avanzaron algo después, durante la seca helada, pero era un trabajo cruel y los animales habían perdido algo de optimismo. Siempre tenían frío y por lo general también hambre. Los únicos que nunca se desanimaban eran Boxeador y Trébol. Chillón pronunciaba excelentes discursos sobre la alegría de servir a los demás y la dignidad del trabajo, pero los otros animales encontraban más inspiración en la fortaleza de Boxeador y en su infalible grito de «¡Trabajaré más duro!».

En enero faltaron alimentos. Se redujo drásticamente la ración de maíz y se anunció que se compensaría con una ración adicional de patatas. Entonces se descubrió que la mayor parte de la cosecha de patatas se había congelado porque no la habían protegido con una capa de paja suficientemente gruesa. Las patatas se habían ablandado y habían perdido color y pocas eran comestibles. Durante días enteros los animales no tuvieron para comer más que paja y remolacha. El hambre parecía mirarlos a la cara.

Era de vital importancia ocultar ese hecho al mundo exterior. Envalentonados por la caída del molino de viento, los seres humanos inventaban nuevas mentiras sobre la Granja Animal. Decían otra vez que todos los animales se estaban muriendo de hambre y de enfermedades, que se peleaban todo el tiempo y que habían recurrido al canibalismo y al infanticidio. Napoleón sabía muy bien que si trascendía la verdadera situación alimentaria sufrirían desastrosas consecuencias, y decidió utilizar al señor Whymper para difundir la impresión contraria. Hasta ese momento los animales habían tenido poco o ningún contacto con Whymper en sus visitas semanales, pero entonces se instruyó a unos pocos animales seleccionados, sobre todo ovejas, para que durante el encuentro comentaran de pasada que les habían aumentado las raciones. Además, Napoleón ordenó llenar de arena casi hasta el tope los graneros poco menos que vacíos y cubrir eso con los granos y la harina que quedaban. Con un pretexto cualquiera llevaron a Whymper a recorrer el depósito para que viera los graneros. El hombre, engañado, siguió informando al mundo exterior de que no había escasez de alimentos en la Granja Animal.

Sin embargo, hacia finales de enero era evidente que necesitarían conseguir más cereales en algún sitio. En esa época Napoleón rara vez aparecía en público; pasaba todo el tiempo encerrado en la casa, cuyas puertas estaban custodiadas por perros de aspecto feroz. Cuando salía lo hacía de manera solemne, con una escolta de seis perros que lo rodeaban de cerca y gruñían si alguien se acercaba. Muchas veces ni siquiera aparecía los domingos por la mañana y daba las órdenes a través de otro cerdo, casi siempre Chillón.

Un domingo por la mañana Chillón anunció que las gallinas, que acababan de poner, debían entregar los huevos. Napoleón había aceptado, por intermedio de Whymper, un contrato por cuatrocientos huevos semanales. El precio fijado alcanzaría para comprar cereales y harina suficientes para mantener la granja hasta que llegara el verano y mejoraran las condiciones.

Cuando se enteraron, las gallinas manifestaron ruidosamente su indignación. Ya se les había advertido de que quizá tendrían que hacer ese sacrificio, pero no habían tomado la posibilidad muy en serio. Estaban preparándose para empollar la nidada de primavera y protestaron argumentando que quitarles los huevos en ese momento era un crimen. Por primera vez desde la expulsión de Jones se produjo algo parecido a una rebelión. Lideradas por tres jóvenes negras menorquinas, las gallinas pusieron todo su empeño en frustrar los deseos de Napoleón. Su método consistía en volar hasta las vigas y poner allí los huevos, que se rompían al estrellarse contra el suelo. La respuesta de Napoleón fue rápida y despiadada. Ordenó que se dejara de alimentar a las gallinas y decretó que cualquier animal que diera un solo grano de maíz a una gallina sería castigado con la muerte. Los perros garantizaron que se cumplieran esas órdenes. Las gallinas resistieron cinco días, al cabo de los cuales capitularon y volvieron a sus ponederos. Entretanto habían muerto nueve de ellas. Enterraron sus cadáveres en el huerto y se anunció que habían muerto de coccidiosis. Whymper no se enteró del asunto y los huevos fueron entregados como estaba previsto: una vez a la semana el furgón de un tendero iba a la granja a buscarlos.

Durante todo ese tiempo no se había sabido nada de Bola de Nieve. Circulaba el rumor de que estaba escondido en una de las granjas vecinas, en Monterraposo o en Campocorto. A esas alturas Napoleón se llevaba un poco mejor que antes con los otros agricultores. Sucedió que había en el patio un montón de madera apilada allí diez años antes, después de talar un hayal. Estaba bien seca, y Whymper aconsejó a Napoleón que la vendiera; tanto el señor Pilkington como el señor Frederick estaban impacientes por comprarla. Napoleón dudaba entre los dos y no terminaba de tomar una decisión. Se advirtió que cada vez que parecía a punto de llegar a un acuerdo con Frederick, se anunciaba que Bola de Nieve estaba escondido en Monterraposo; cuando se inclinaba por Pilkington, se decía que Bola de Nieve estaba en Campocorto.

De pronto, a principios de la primavera, se descubrió algo alarmante. ¡Bola de Nieve frecuentaba la granja en secreto por las noches! Los animales estaban tan perturbados que casi no podían dormir en los establos. Todas las noches, se decía, llegaba al amparo de la oscuridad y causaba todo tipo de daños. Robaba el maíz, volcaba los cubos de la leche, rompía los huevos, pisoteaba los semilleros, roía la corteza de los árboles frutales. Cada vez que algo andaba mal, lo habitual era atribuírselo a Bola de Nieve. Si se rompía una ventana o se tapaba un desagüe, alguien tenía la certeza de que Bola de Nieve había llegado por la noche para hacerlo, y cuando se perdió la llave del depósito toda la granja se convenció de que Bola de Nieve la había tirado en el pozo. Curiosamente, siguieron creyéndolo aun después de que la llave apareciera debajo de una bolsa de harina. Las vacas confesaban unánimemente que Bola de Nieve entraba en los establos y las ordeñaba mientras dormían. Se decía también que las ratas, tan problemáticas durante el invierno, se habían confabulado con Bola de Nieve.

Napoleón dispuso investigar a fondo las actividades de Bola de Nieve. Acompañado por sus perros, recorrió los edificios de la granja inspeccionándolos minuciosamente, seguido a una respetuosa distancia por el resto de los animales. Cada cierto número de pasos Napoleón se detenía y olfateaba el suelo buscando rastros de las pisadas de Bola de Nieve, que según él podía detectar por el olor. Olfateó cada rincón del granero, del establo de las vacas, de los gallineros, de la huerta, y encontró rastros de Bola de Nieve en casi todas partes. Pegaba el hocico al suelo, olisqueaba con fuerza y con voz terrible exclamaba: «¡Bola de Nieve! ¡Ha estado aquí! ¡Lo huelo perfectamente!», y al oír las palabras «Bola de Nieve» todos los perros soltaban gruñidos aterradores y mostraban los colmillos.

Los animales se asustaron mucho. Sentían que Bola de Nieve era una especie de influencia invisible que impregnaba el aire y los amenazaba con todo tipo de peligros. Por la noche, Chillón los reunió a todos, y con cara de preocupación les dijo que tenía noticias muy serias.

—¡Camaradas —gritó, dando unos saltitos nerviosos—, se ha descubierto una cosa terrible! ¡Bola de Nieve se ha vendido a Frederick, de la granja Campocorto, que está tramando atacarnos y arrebatarnos la granja! Bola de Nieve le servirá de guía cuando comience el ataque. Pero hay algo peor. Creíamos que la rebelión de Bola de Nieve había sido causada simplemente por su vanidad y por su ambición. Pero nos equivocábamos, camaradas. ¿Sabéis cuál fue el verdadero motivo? ¡Bola de Nieve estuvo confabulado con Jones desde el principio! Fue todo el tiempo agente secreto de Jones. Lo demuestran unos documentos que dejó y que acabamos de descubrir. En mi opinión, camaradas, eso explica muchas cosas. ¿Acaso no vimos con nuestros propios ojos cómo intentaba, por fortuna sin éxito, llevarnos a la derrota y a la destrucción durante la batalla del Establo de las Vacas?

Los animales habían quedado estupefactos. Era una maldad que superaba con creces la destrucción del molino de viento. Pero tardaron varios minutos en asimilar la noticia. Todos recordaban, o creían recordar, haber visto a Bola de Nieve atacando en primera línea durante la Batalla del Establo de las Vacas; cómo los había unido y animado en todo momento y cómo no había cejado nunca, ni siquiera cuando los perdigones de la escopeta de Jones lo habían herido en el lomo. Al principio les costó un poco entender cómo cuadraba eso con el apoyo a Jones. Hasta Boxeador, que rara vez hacía preguntas, estaba perplejo. Se echó en el suelo, metió debajo del cuerpo los cascos delanteros, cerró los ojos y con un gran esfuerzo logró formular sus pensamientos.

—Eso no me lo creo —dijo—. Bola de Nieve peleó con valentía en la Batalla del Establo de las Vacas. Lo vi con mis propios ojos. ¿Acaso no lo condecoramos inmediatamente con la insignia de «Héroe animal de primera clase»?

—Eso fue un error, camarada. Ahora sabemos, porque está escrito en los documentos secretos que hemos encontrado, que en realidad trataba de llevarnos a la derrota.

—Pero resultó herido —dijo Boxeador—. Todos lo vimos sangrar.

—¡Eso era parte del acuerdo! —gritó Chillón—. El tiro de Jones apenas lo rozó. Os podría mostrar sus propias palabras si fuerais capaces de leerlas. El plan era que Bola de Nieve, en el momento crítico, diera una señal de huida y dejara el campo de batalla al enemigo. Y a punto estuvo de lograrlo; os diré incluso, camaradas, que si no hubiera sido por nuestro heroico líder, el camarada Napoleón, se habría salido con la suya. ¿No recordáis cómo, en el preciso momento en que Jones y sus hombres se metían en el corral, Bola de Nieve dio de repente media vuelta y huyó, seguido por muchos animales? ¿Y no recordáis, también, que fue justo en ese momento, cuando cundía el pánico y todo parecía perdido, que el camarada Napoleón arremetió al grito de «¡Muerte a la humanidad!» y hundió los colmillos en la pierna de Jones? Eso lo recordáis, ¿verdad, camaradas? —exclamó Chillón, brincando de un lado para otro.

Al describir Chillón la escena de manera tan gráfica, los animales tuvieron la impresión de que la recordaban. En cualquier caso, recordaban que en el momento crítico de la batalla Bola de Nieve había huido. Pero Boxeador todavía estaba un poco intranquilo.

—No creo que Bola de Nieve fuera un traidor al principio —fue su conclusión—. Lo que hizo después ya es diferente. Pero creo que en la Batalla del Establo fue un buen camarada.

—Nuestro líder, el camarada Napoleón —anunció Chillón, hablando pausadamente pero con firmeza—, ha afirmado categóricamente, digo categóricamente, camarada, que Bola de Nieve fue agente de Jones desde el principio; sí, incluso desde mucho antes de que se pensara en la rebelión.

—¡Ah, eso es diferente! —dijo Boxeador—. Si lo dice el camarada Napoleón, debe de ser cierto.

—¡Ese es el verdadero espíritu, camarada! —exclamó

Chillón, aunque no pasó inadvertida la muy fea mirada que lanzó a Boxeador con aquellos ojitos brillantes. Dio media vuelta para irse y entonces se detuvo y añadió algo impresionante—: Aconsejo a todos los animales de esta granja que tengan los ojos muy abiertos. ¡Hay motivos para pensar que algunos de los agentes secretos de Bola de Nieve se esconden entre nosotros en este momento!

Cuatro días después, al atardecer, Napoleón ordenó que todos los animales se reunieran en el corral.

Cuando estuvieron todos juntos, Napoleón salió de la casa luciendo las dos medallas (porque hacía poco se había nombrado «Héroe animal de primera clase» y «Héroe animal de segunda clase»), con sus nueve enormes perros brincando alrededor y soltando gruñidos que daban escalofríos a los animales. Todos agacharon la cabeza en silencio, como si supieran que algo terrible iba a suceder.

Después de observar con severidad a su público, Napoleón lanzó un gemido agudo. De inmediato, los perros saltaron, agarraron de la oreja a cuatro de los cerdos y los arrastraron, chillando de dolor y terror, hasta los pies de Napoleón. Las orejas de los cerdos sangraban; los perros habían probado la sangre y por un instante pareció que iban a enloquecer. Ante el asombro de todos, tres de ellos se arrojaron sobre Boxeador. Boxeador los vio venir, levantó un enorme casco, pilló a uno en el aire y lo inmovilizó contra el suelo. El perro chilló pidiendo clemencia y los otros dos huyeron con el rabo entre las patas. Boxeador miró a Napoleón para saber si debía aplastar al perro y matarlo o dejarlo ir. Napoleón pareció cambiar de semblante y bruscamente ordenó a Boxeador que soltara el perro; Boxeador levantó el casco y el perro se escabulló, magullado y aullando.

Enseguida se acabó el tumulto. Los cuatro cerdos esperaron, temblando, con la culpa escrita en cada arruga de la cara. Entonces Napoleón les pidió que confesaran sus delitos. Eran los mismos cuatro cerdos que habían protestado al abolir Napoleón las reuniones de los domingos. Sin más coacción confesaron que habían estado secretamente en contacto con Bola de Nieve desde su expulsión, que habían colaborado con él en la destrucción del molino de viento y que habían acordado con él traspasar la Granja Animal al señor Frederick. Añadieron que Bola de Nieve había admitido ante ellos, en privado, que llevaba muchos años siendo agente secreto de Jones. Al terminar la confesión, los perros se apresuraron a destrozarles la garganta, y Napoleón, con voz terrible, preguntó si algún otro animal tenía algo que confesar.

Las tres gallinas que habían sido las cabecillas de la tentativa de rebelión por la venta de los huevos se adelantaron y declararon que Bola de Nieve se les había aparecido en un sueño y las había incitado a desobedecer las órdenes de Napoleón. También a ellas las mataron brutalmente. Después se presentó un ganso y confesó haber ocultado y comido por la noche seis mazorcas durante la cosecha del año anterior. A continuación, una oveja confesó haber orinado en el abrevadero, instada, dijo, por Bola de Nieve, y otras dos ovejas confesaron haber asesinado a un viejo carnero, un seguidor de Napoleón especialmente fiel, persiguiéndolo alrededor de una fogata mientras sufría un ataque de tos. Los mataron a todos en el acto. Y la historia de confesiones y ejecuciones continuó hasta que hubo un montón de cadáveres a los pies de Napoleón y el aire olió a sangre, algo desconocido en ese lugar desde la expulsión de Jones.

Al terminar todo, los restantes animales, excepto los cerdos y los perros, se alejaron juntos. Estaban impresionados y abatidos. No sabían qué era más horrible, si la traición de los animales que se habían aliado con Bola de Nieve o el cruel castigo que acababan de presenciar. En los viejos tiempos había habido a menudo escenas de derramamiento de sangre tan terribles como esas, pero a todos les parecía que era mucho peor ahora que ocurría entre ellos. Desde la partida de Jones ningún animal había matado a otro animal. Ni siquiera se había matado a una rata. Habían ido hasta la pequeña loma donde se levantaba a medio terminar el molino de viento y de común acuerdo se habían echado acurrucándose como para darse calor: Trébol, Muriel, Benjamín, las vacas, las ovejas y una bandada entera de gansos y gallinas; todos, de hecho, menos la gata, que había desaparecido de repente cuando Napoleón iba a ordenar que se reunieran los animales. Durante un rato nadie habló. Solo Boxeador permanecía de pie. No paraba de moverse y de menear la larga cola negra contra los costados, soltando de vez en cuando un relincho de sorpresa. Finalmente dijo:

—No lo entiendo. Nunca hubiera creído que podrían ocurrir estas cosas en nuestra granja. Debemos de tener algún defecto. Para mí, la solución es trabajar más duro. A partir de ahora me levantaré una hora más temprano todas las mañanas.

Se alejó con su pesado trote hacia la cantera. Al llegar allí recogió dos cargas de piedra sucesivas y las arrastró hasta el molino antes de retirarse a dormir.

Sin hablar, los animales se apiñaron alrededor de Trébol. La loma donde estaban les daba una perspectiva amplia del campo circundante. Tenían la mayor parte de la Granja Animal al alcance de la vista: la larga pradera que se extendía hasta la carretera, el henar, la arboleda, el bebedero, los campos arados cubiertos de verde y apretado trigo y los tejados rojos de los edificios de la granja por cuyas chimeneas brotaba humo. Era una tarde clara de primavera. Los horizontales rayos de sol doraban la hierba y los setos floridos. A los animales nunca la granja les había parecido un lugar tan deseable; con cierta sorpresa recordaron que les pertenecía, que eran dueños de cada centímetro cuadrado. Trébol miró ladera abajo y se le llenaron los ojos de lágrimas. Si hubiera podido expresar sus pensamientos, habría sido para decir que no era eso lo que habían querido al ponerse a trabajar, hacía años, por el derrocamiento de la raza humana. No eran esas escenas de terror y masacre lo que buscaban la noche en que el Viejo Comandante los había incitado a la rebelión. Si hubiera tenido alguna imagen del futuro, habría sido la de una sociedad de animales liberados del hambre y del látigo, todos iguales, cada uno trabajando de acuerdo a su capacidad, los fuertes protegiendo a los débiles, como ella había protegido a la nidada de patitos perdidos con la pata delantera la noche del discurso del Comandante. En cambio —no sabía por qué—, habían llegado a un momento en el que nadie se atrevía a decir lo que pensaba, en el que perros feroces y gruñidores andaban por todas partes y en el que había que presenciar cómo despedazaban a camaradas que habían confesado crímenes atroces. No era su intención rebelarse ni desobedecer. Sabía que, a pesar de la situación actual, las cosas estaban mucho mejor que en tiempos de Jones, y que sobre todo había que impedir el regreso de los seres humanos. Pasara lo que pasase, permanecería fiel, trabajaría duro, obedecería las órdenes que le dieran y aceptaría el liderazgo de Napoleón. Aun así, no era en eso donde ella y todos los otros animales habían puesto su esfuerzo y sus esperanzas. No era para eso que habían construido el molino de viento y se habían enfrentado a los perdigones de la escopeta de Jones. Tales eran sus pensamientos, aunque le faltaran las palabras para expresarlos.

Por último, como manera de compensar la ausencia de palabras, se puso a cantar «Bestias de Inglaterra». Los otros animales, sentados a su alrededor, la imitaron y cantaron tres veces la canción con voz muy melodiosa pero acompasada y triste, como jamás habían hecho antes.

Acababan de cantarla por tercera vez cuando Chillón, acompañado por dos perros, se les acercó con aire de tener algo importante que decir. Anunció que, por un decreto especial del camarada Napoleón, quedaba abolida «Bestias de Inglaterra». A partir de ese momento estaba prohibido cantarla.

Los animales quedaron desconcertados.

—¿Por qué? —exclamó Muriel.

—Ya no es necesaria, camarada —dijo Chillón secamente—. «Bestias de Inglaterra» fue el canto de la Rebelión. Pero la Rebelión ya ha acabado. La ejecución de los traidores esta tarde fue el acto final. El enemigo tanto externo como interno está derrotado. En «Bestias de Inglaterra» expresamos nuestro anhelo de una sociedad mejor en los días venideros. Y esa sociedad está consolidada. Es evidente que ya no hace falta la canción.

Aunque estaban asustados, algunos de los animales podrían haber protestado, pero en ese momento las ovejas se pusieron a balar como de costumbre: «¡Cuatro patas, sí; dos patas, no!». Los balidos se prolongaron durante varios minutos y acabaron con el debate.

De ese modo, nunca más se volvió a oír «Bestias de Inglaterra». Para sustituirla, Mínimus, el poeta, había compuesto otra canción que comenzaba así:

Granja Animal, Granja Animal,
¡nunca por mí sufrirás ningún mal!

Se la cantaba todos los domingos después de izar la bandera. Pero los animales sentían que de alguna manera ni las palabras ni la melodía estaban a la altura de «Bestias de Inglaterra».

VIII

Unos días más tarde, cuando hubo pasado el terror causado por las ejecuciones, algunos de los animales recordaron —o creyeron recordar— que el sexto mandamiento decretaba: «Ningún animal matará a otro animal». Y aunque nadie quería decirlo delante de los cerdos o los perros, se tenía la sensación de que la matanza producida no cuadraba con eso. Trébol le pidió a Benjamín que le leyera el sexto mandamiento, y cuando Benjamín, como de costumbre, dijo que no quería inmiscuirse en esos asuntos, buscó a Muriel. Muriel le leyó el mandamiento, que decía: «Ningún animal matará a otro animal sin motivo». De alguna manera, las dos últimas palabras se habían borrado de la memoria de los animales. Ahora veían que no se había violado ese mandamiento, ya que sin duda había un buen motivo para matar a los traidores aliados con Bola de Nieve.

Durante todo el año, los animales trabajaron aún más duro que el año anterior. Reconstruir el molino de viento para la fecha fijada, con paredes dos veces más gruesas que antes, además de atender el trabajo habitual de la granja, implicaba un tremendo esfuerzo. Por momentos los animales sentían que trabajaban más horas y no se alimentaban mejor que en tiempos de Jones. Los domingos por la mañana Chillón, sujetando con la pata una larga tira de papel, les leía listas de cifras demostrando que la producción de todo tipo de alimentos había aumentado un doscientos por ciento, un trescientos por ciento o un quinientos por ciento, según el caso. Los animales no veían ninguna razón para no creerle, sobre todo porque ya no recordaban con claridad cuáles habían sido las condiciones antes de la Rebelión. De todos modos, había días en los que preferirían menos cifras y más comida.

Ahora todas las órdenes llegaban a través de Chillón o de algún otro cerdo. A Napoleón se lo veía en público como mucho cada dos semanas. Cuando aparecía, no solo contaba con su séquito de perros sino con un gallito negro que marchaba delante de él y actuaba como una especie de trompeta, soltando un «¡quiquiriquí!» antes de que hablara Napoleón. Incluso se decía que en la casa ocupaba habitaciones distintas a los demás. Comía solo, atendido por dos perros, y usaba siempre la vajilla Crown Derby que había estado en la vitrina del aparador del salón. También se anunció que se dispararía siempre la escopeta el día del cumpleaños de Napoleón, además de hacerlo en los otros dos aniversarios.

Ahora nadie llamaba a Napoleón simplemente «Napoleón». Siempre se lo designaba de manera ceremoniosa como «nuestro líder, el camarada Napoleón», y a los cerdos les gustaba inventarle títulos como «Padre de todos los animales», «Terror de la humanidad», «Protector del redil», «Amigo de los patitos» y otros similares.

En sus discursos, Chillón hablaba con lágrimas en las mejillas sobre la sabiduría de Napoleón, la bondad de su corazón y el profundo amor que sentía por todos los animales de todas partes, incluso y sobre todo por los desdichados que aún vivían en la ignorancia y la esclavitud de otras granjas. Se había convertido en costumbre reconocer a Napoleón el mérito de cada logro y cada golpe de suerte. Era habitual oír a una gallina comentar a otra: «Bajo la dirección de nuestro líder, el camarada Napoleón, he puesto cinco huevos en seis días»; o a dos vacas, mientras bebían en el abrevadero, exclamar: «¡Gracias al liderazgo del camarada Napoleón, qué bien sabe esta agua!». El sentimiento general de la granja se expresaba muy bien en un poema titulado *Camarada Napoleón*, compuesto por Mínimus, que decía lo siguiente:

¡Amigo de los huérfanos!
¡Fuente de felicidad!
¡Señor de la bazofia!¡Ay, cómo se enciende mi alma
cuando contemplo
tu tranquila e imperiosa mirada,
como el sol en el cielo,
camarada Napoleón!

¡Tú eres el dador
de todo lo que tus criaturas aman,
barriga llena dos veces al día; paja limpia donde revolcarse;
todo animal grande o pequeño
duerme en paz en su establo,
tú velas por todos,
camarada Napoleón!

Si tuviera un lechón,
antes de que creciera
y fuera como una botella o un rodillo,
aprendería a serte
leal y fiel,

sí, y su primer chillido sería:
¡«camarada Napoleón»!

Napoleón aprobó ese poema e hizo que se grabara en la pared del establo principal, en el extremo opuesto a donde estaban los siete mandamientos. Se remató con un retrato de Napoleón, de perfil, ejecutado por Chillón con pintura blanca.

Entretanto, con la intervención de Whymper, Napoleón realizaba complicadas negociaciones con Frederick y Pilkington. La pila de madera aún estaba sin vender. De los dos, Frederick era quien más interés mostraba por comprarla, pero no ofrecía un precio razonable. Al mismo tiempo, circulaban nuevos rumores según los cuales Frederick y sus hombres andaban conspirando para atacar la Granja Animal y destruir el molino de viento, cuya construcción había despertado en él una feroz envidia. Se sabía que Bola de Nieve seguía escondido en la granja Campocorto. A mediados del verano los animales se alarmaron al oír que tres gallinas se habían presentado y habían confesado que, inspiradas por Bola de Nieve, se habían conjurado para asesinar a Napoleón. Fueron ejecutadas de inmediato, y se tomaron nuevas precauciones para proteger a Napoleón. Cuatro perros vigilaban su cama por la noche, uno en cada esquina, y encargaron a un cerdo joven llamado Pitarroso la tarea de probar todos sus alimentos antes de que él se los comiera, por si estaban envenenados.

Por esa época se supo que Napoleón había dispuesto vender la pila de madera al señor Pilkington, y que también formalizaría un acuerdo permanente para el intercambio de ciertos productos entre la Granja Animal y Monterraposo. Las relaciones entre Napoleón y Pilkington, aunque canalizadas solo a través de Whymper, eran ahora casi amistosas. Los animales desconfiaban de Pilkington como ser humano, pero lo preferían a Frederick, a quien temían y odiaban. A medida que avanzaba el verano y se acercaba la terminación del molino, había cada vez más rumores de un inminente ataque a traición. Se decía que Frederick pensaba acometer con veinte hombres armados y que ya había sobornado a los jueces y a la policía: si lograba apoderarse de los títulos de propiedad de la Granja Animal, ellos no intervendrían. Por otra parte, desde Campocorto se filtraban historias terribles acerca de las crueldades que Frederick infligía a sus animales. Había azotado a un viejo caballo hasta matarlo, había hecho pasar hambre a sus vacas, había matado a un perro arrojándolo a un horno, por las tardes se divertía haciendo pelear a gallos con trozos de hojas de afeitar atados a las espuelas. Los animales sentían que les hervía de rabia la sangre al enterarse del trato que recibían sus camaradas, y a veces pedían a gritos que se los dejara ir todos juntos a atacar la granja Campocorto, a expulsar a los seres humanos y liberar a los animales. Pero Chillón les aconsejaba que evitaran las maniobras agresivas y confiaran en la estrategia del camarada Napoleón.

Sin embargo, el rechazo a Frederick iba en aumento. Un domingo por la mañana, Napoleón apareció en el establo y explicó que en ningún momento había pensado vender la pila de madera a Frederick; pensaba que no debía rebajarse a tratar con sinvergüenzas de esa calaña. A las palomas que seguían enviando para difundir la noticia de la rebelión les prohibieron pisar Monterraposo, y también se les ordenó abandonar su anterior lema: «Muerte a la humanidad», por «Muerte a Frederick». A finales del verano quedó al descubierto otra de las maquinaciones de Bola de Nieve. La cosecha de trigo estaba llena de maleza y se descubrió que en una de sus visitas nocturnas Bola de Nieve había mezclado semillas de maleza con semillas de maíz. Un ganso que estaba al tanto del complot había confesado su culpa a Chillón y se suicidó de inmediato ingiriendo bayas de belladona. Los animales también se enteraron de que Bola de Nieve nunca había recibido —como muchos de ellos habían creído hasta ese momento— la orden de «Héroe animal de primera clase». Eso no era más que una leyenda que el propio Bola de Nieve había hecho circular poco después de la Batalla del Establo. Lejos de recibir una condecoración, había sido censurado por mostrar cobardía en la batalla. De nuevo, algunos de los animales oyeron eso con cierta perplejidad, pero Chillón pronto logró convencerlos de que les había fallado la memoria.

En el otoño, con un esfuerzo tremendo y agotador —porque casi al mismo tiempo tenían que recoger la cosecha—, acabaron de construir el molino de viento. Todavía faltaba la instalación de la maquinaria, cuya compra negociaba Whymper, pero la estructura estaba terminada. ¡A pesar de las numerosas dificultades, a pesar de la inexperiencia, de las herramientas primitivas, de la mala suerte y de la traición de Bola de Nieve, el trabajo se había terminado exactamente en fecha! Cansados pero orgullosos, los animales dieron vueltas y vueltas alrededor de su obra maestra, que les parecía aún más bella que cuando la habían construido por primera vez. Además, las paredes eran dos veces más gruesas que antes. ¡Esta vez solo podrían demolerlas con explosivos! Y al pensar en cómo habían trabajado, en los desánimos que habían superado y en cómo cambiaría su vida cuando estuvieran girando las aspas y funcionando las dinamos, al pensar en todo esto olvidaron el cansancio y empezaron a brincar alrededor del molino, lanzando gritos de triunfo. El propio Napoleón, acompañado por sus perros y su gallo, bajó a inspeccionar el trabajo terminado; felicitó personalmente a los animales por su logro y anunció que el molino se llamaría Molino Napoleón.

Dos días después convocaron a los animales para una reunión especial en el establo. Quedaron mudos de sorpresa cuando Napoleón anunció que había vendido la pila de madera a Frederick. Al día siguiente llegarían las carretas de Frederick y empezarían a llevársela. Durante todo el período de supuesta amistad con Pilkington, Napoleón había estado en realidad haciendo tratos secretos con Frederick.

Se había roto toda relación con Monterraposo; se habían enviado mensajes insultantes a Pilkington. Se había instruido a las palomas para que evitaran la Granja Campocorto y cambiaran su lema de «Muerte a Frederick» por «Muerte a Pilkington». Al mismo tiempo, Napoleón aseguró a los animales que las historias de un inminente ataque a la Granja Animal eran completamente falsas, y que los cuentos sobre la crueldad de Frederick con sus propios animales se habían exagerado mucho. Quizá todos esos rumores eran creación de Bola de Nieve y sus agentes. Ahora parecía que Bola de Nieve no estaba, después de todo, escondido en la Granja Campocorto; de hecho, nunca había andado por allí en su vida: vivía, aparentemente con considerable lujo, en Monterraposo, y en realidad llevaba años viviendo a costa de Pilkington.

Los cerdos estaban extasiados con la astucia de Napoleón. Aparentando amistad con Pilkington, había obligado a Frederick a aumentar su precio en doce libras. Pero la verdadera superioridad mental de Napoleón, dijo Chillón, se demostraba en el hecho de que no confiaba en nadie, ni siquiera en Frederick. Frederick había querido pagar la madera con algo llamado cheque, que al parecer era un trozo de papel con una promesa de pago escrita en él. Pero Napoleón era demasiado listo para aceptar esas cosas. Había exigido el pago con billetes reales de cinco libras, que deberían entregarse antes de retirar la madera. Frederick ya había pagado, y la suma recibida bastaba para comprar la maquinaria que haría funcionar el molino de viento.

Mientras tanto se llevaban la madera a toda prisa. Cuando no quedó nada se celebró otra reunión especial en el establo para que los animales examinaran los billetes de Frederick. Sonriendo beatíficamente y luciendo las dos condecoraciones, Napoleón reposaba en un lecho de paja sobre la plataforma, con el dinero al lado, cuidadosamente apilado en un plato de porcelana de la cocina de la casa. Los animales desfilaron pasando despacio por delante, mirando con atención. Boxeador acercó la nariz para oler los billetes y su aliento hizo vibrar y crujir los delgados papeles blancos.

Tres días más tarde se produjo un revuelo terrible. Whymper, con el rostro mortalmente pálido, apareció pedaleando a gran velocidad en la bicicleta, que dejó en el patio antes de entrar precipitadamente en la casa. Un instante después brotó de las habitaciones de Napoleón un rugido furioso. La noticia de lo que había pasado corrió por la granja como un incendio descontrolado. ¡Los billetes eran falsos! ¡Frederick había conseguido la madera por nada!

Napoleón reunió a los animales de inmediato y con voz terrible anunció la sentencia a muerte de Frederick. Cuando se lo capturara, dijo, lo hervirían vivo. Al mismo tiempo, les advirtió que después de esa traición se podía esperar lo peor. Frederick y sus hombres podían lanzar su tan esperado ataque en cualquier momento. Apostaron centinelas en todos los accesos a la finca. Además, enviaron cuatro palomas a Monterraposo con un mensaje conciliador que —esperaban— serviría para volver a establecer buenas relaciones con Pilkington.

El ataque se produjo a la mañana siguiente. Los animales estaban desayunando cuando los vigías llegaron corriendo con la noticia de que Frederick y sus seguidores ya habían entrado por la puerta con barrotes de la finca. Los animales salieron con valentía a su encuentro, pero esa vez no lograron una victoria fácil como en la Batalla del Establo de las Vacas. Había quince hombres con media docena de escopetas, que abrieron fuego en cuanto estuvieron a unos cincuenta metros. Los animales no podían enfrentar las explosiones terribles ni las picaduras de los perdigones, y a pesar de los esfuerzos de Napoleón y Boxeador para animarlos, pronto tuvieron que retroceder. Ya había unos cuantos heridos. Se refugiaron en los edificios de la granja y miraron con cautela por las rendijas y los agujeros de los nudos. Toda la enorme pradera, incluido el molino de viento, estaba en manos del enemigo. Por el momento, hasta Napoleón parecía perdido. Iba y venía en silencio, moviendo la cola rígida. Miradas tristes apuntaban hacia Monterraposo. Si Pilkington y sus hombres los ayudaran, todavía podrían ganar la batalla. Pero en ese momento regresaron las cuatro palomas que habían enviado el día anterior; una de ellas traía un trozo de papel firmado por Pilkington. En él, escritas a lápiz, había estas palabras: «Te lo mereces».

Mientras tanto, Frederick y sus hombres se habían detenido junto al molino. Los animales los miraron y empezaron a murmurar, consternados. Dos de los hombres habían sacado una palanca y un mazo. Iban a demoler el molino de viento.

—¡Imposible!—exclamó Napoleón—. Hemos construido paredes demasiado gruesas. No podrían derribarlo ni en una semana. ¡Ánimo, compañeros!

Pero Benjamín observaba con atención los movimientos de los hombres. Los del martillo y la palanca estaban haciendo un agujero cerca de la base del molino. Despacio, con aire casi de diversión, Benjamín movió afirmativamente el largo hocico.

—Ya me lo imaginaba —dijo—. ¿No veis lo que hacen? Dentro de un instante llenarán de pólvora el agujero.

Los animales esperaron, aterrorizados. Ahora no podían buscar refugio en los edificios. Unos minutos más tarde vieron cómo los hombres corrían en todas direcciones. Entonces se produjo un rugido ensordecedor. Las palomas se arremolinaron en el aire y todos los animales, salvo Napoleón, se arrojaron al suelo y se taparon la cara. Guando se levantaron, una enorme nube de humo negro flotaba sobre el sitio donde había estado el molino de viento. Poco a poco fue llevándosela la brisa. ¡El molino de viento había dejado de existir!

Al ver eso los animales recuperaron su valentía. La rabia contra un acto tan vil y despreciable superó el miedo y la desesperación que habían sentido un momento antes. Se oyó un potente grito de venganza y sin esperar nuevas órdenes salieron todos juntos, dispuestos a atacar al enemigo. Esta vez no cejaron ante los perdigones crueles que cayeron sobre ellos como granizo. Fue una batalla salvaje y amarga. Los hombres disparaban una y otra vez, y cuando los animales estuvieron cerca los atacaron con palos y con las pesadas botas. Mataron una vaca, tres ovejas y dos gansos, y casi todo el mundo estaba herido. Hasta Napoleón, que dirigía las operaciones desde la retaguardia, tenía la punta de la cola rasguñada por un perdigón.

Pero tampoco los hombres habían salido indemnes. Tres de ellos tenían la cabeza partida por los golpes de los cascos de Boxeador, otro había sido corneado en el vientre por una vaca y otro tenía los pantalones casi destrozados por Jésica y Campanilla. Y cuando los nueve perros de la guardia personal de Napoleón, enviados a dar un rodeo al amparo del seto, aparecieron de repente por un lado, ladrando con ferocidad, el pánico se apoderó de ellos. Vieron que estaban en peligro de ser rodeados. Frederick gritó a sus hombres que salieran de allí mientras tenían escapatoria, y un instante después el cobarde enemigo corría tratando de salvar la vida. Los animales persiguieron a los hombres hasta el final del campo y les dieron unas últimas patadas mientras atravesaban como podían el espinoso seto.

Habían ganado, pero estaban cansados y ensangrentados. Despacio, cojeando, empezaron a regresar a la granja. Algunos, al ver a sus camaradas muertos, tendidos en la hierba, no pudieron contener las lágrimas. Y por un rato se detuvieron en doloroso silencio junto al sitio donde alguna vez se había levantado el molino de viento. Sí, ya no existía. ¡Casi el último rastro de su trabajo había desaparecido! Hasta los cimientos estaban parcialmente destruidos. Y ahora, para reconstruirlo, no podrían usar, como antes, las piedras caídas. Esta vez también habían desaparecido las piedras. La fuerza de la explosión las había lanzado a cientos de metros de distancia. Era como si el molino no hubiera existido nunca.

Cuando se estaban acercando a la granja, Chillón, que inexplicablemente había estado ausente durante el combate, se acercó saltando hacia ellos, moviendo la cola radiante de satisfacción. Y del lado de los edificios de granja llegó el solemne estampido de un arma de fuego.

—¿Para qué dispararon esa escopeta? —preguntó Boxeador.

—¡Para celebrar nuestra victoria! —exclamó Chillón.

—¿Qué victoria? —preguntó Boxeador. Le sangraban las rodillas, había perdido una herradura y se le había partido el casco; en una pata trasera tenía alojada una docena de perdigones.

—¿Qué victoria, camarada? ¿Acaso no hemos expulsado al enemigo de nuestro suelo, el sagrado suelo de la Granja Animal?

—Pero ellos han destruido el molino de viento. ¡En el que hemos trabajado durante dos años!

—¿Qué importa? Construiremos otro molino. Construiremos seis molinos si nos da la gana. Tú no aprecias, camarada, la importancia de lo que acabamos de lograr. El enemigo ocupaba el suelo que pisamos. ¡Y ahora, gracias al liderazgo del camarada Napoleón, acabamos de recuperarlo hasta el último centímetro!

—Así que volvemos a tener lo que ya teníamos —dijo Boxeador.

—Esa es nuestra victoria —dijo Chillón.

Cojearon hasta el corral. Los perdigones que Boxeador llevaba incrustados en la pata le producían un intenso dolor. Veía por delante la pesada empresa de reconstruir el molino desde los cimientos y mentalmente se preparó ya para la tarea. Pero por primera vez advirtió que tenía once años y que quizá sus enormes músculos ya no eran como antes.

Pero cuando los animales vieron flamear la bandera verde y oyeron el nuevo disparo de escopeta —la dispararon siete veces en total— y escucharon el discurso de Napoleón, felicitándolos por su conducta, les pareció que después de todo habían conseguido una gran victoria. Los animales muertos en la batalla tuvieron un solemne entierro. Boxeador y Trébol tiraron del carro que servía de coche fúnebre y el propio Napoleón encabezó la procesión. Dedicaron dos días enteros a las celebraciones. Hubo canciones, discursos y más disparos de escopeta, y cada animal recibió como regalo especial una manzana, dos onzas de maíz las aves y tres bizcochos cada perro. Se anunció que la batalla se llamaría Batalla del Molino, y que Napoleón había creado una nueva condecoración, la «Orden de la bandera verde», que se había otorgado a sí mismo. En medio del júbilo general se olvidó el desgraciado asunto de los billetes.

Unos días más tarde los cerdos encontraron una caja de whisky en los sótanos de la casa. La habían pasado por alto en el momento de ocuparla. Esa noche se oyó entonar en la casa ruidosas canciones en las que, para sorpresa de todos, se mezclaban compases de «Bestias de Inglaterra». A eso de las nueve y media se vio perfectamente que Napoleón, con un viejo sombrero hongo del señor Jones, salía por la puerta trasera, daba unas vueltas rápidas por el patio y desaparecía de nuevo en la casa. Pero por la mañana reinaba en el lugar un profundo silencio. No se veía por allí ningún cerdo. Eran casi las nueve cuando apareció Chillón, caminando despacio y abatido, la mirada apagada, la cola fláccida y con apariencia de estar gravemente enfermo. Reunió a los animales y les anunció que tenía una terrible noticia. ¡El camarada Napoleón se estaba muriendo!

Se oyó un grito lastimero. Colocaron paja delante de la puerta de la casa y los animales caminaban de puntillas. Con lágrimas en los ojos se preguntaban unos a otros qué harían si les faltaba el líder. Empezó a circular el rumor de que, después de todo, Bola de Nieve se las había ingeniado para introducir veneno en la comida de Napoleón. A las once salió Chillón para hacer otro anuncio. Como último acto sobre la tierra, el camarada Napoleón había pronunciado un solemne decreto: se castigaría con pena de muerte el consumo de alcohol.

Por la noche pareció que Napoleón había mejorado un poco, y a la mañana siguiente Chillón les contó que se estaba recuperando. Al atardecer, Napoleón había vuelto a su trabajo, y un día después se supo que había dado instrucciones a Whymper para que comprara en Willingdon algunos folletos sobre fermentación y destilado. Una semana más tarde Napoleón ordenó arar el pequeño prado situado detrás de la huerta, que antes habían pensado reservar como sitio de pastoreo para los animales que ya no podían trabajar. Se explicó que la tierra estaba agotada y había que renovarla, pero pronto se supo que la intención de Napoleón era sembrar allí cebada.

Por esa época se produjo un extraño suceso que casi nadie logró entender. Una noche, a eso de las doce, se oyó un fuerte estruendo en el patio y los animales salieron corriendo de los establos. Era una noche de luna. Al pie de la pared trasera del establo grande, donde estaban escritos los siete mandamientos, había una escalera partida en dos. Junto a ella, aturdido y en el suelo, estaba Chillón; a su lado había un farol, un pincel y un bote de pintura blanca volcado. Los perros rodearon inmediatamente a Chillón y lo acompañaron de vuelta a la casa en cuanto pudo caminar. Ninguno de los animales sabía qué significaba esa situación, salvo el viejo Benjamín, que asintió moviendo el hocico con aire sagaz y pareció entender, aunque no dijo nada.

Pero unos días más tarde Muriel, leyendo los siete mandamientos en voz baja, notó que había otro que los animales no recordaban bien. Creían que el quinto mandamiento era «Ningún animal beberá alcohol», pero habían olvidado dos palabras. En realidad, el mandamiento decía: «Ningún animal beberá alcohol en exceso».

IX

El casco partido de Boxeador tardó mucho tiempo en curarse. Al día siguiente de terminar las celebraciones de la victoria habían empezado la reconstrucción del molino de viento. Boxeador se negaba a tomar siquiera un día libre y, por una cuestión de honor, ocultaba su sufrimiento. De noche admitía en privado ante Trébol que el casco le molestaba mucho. Trébol se lo curaba con emplastos de hierbas que preparaba masticándolas, y tanto ella como Benjamín le pedían que trabajara menos. «Los pulmones de un caballo no son eternos», le decía. Pero Boxeador no le prestaba atención. Explicaba que solo tenía una verdadera ambición: ver muy avanzada la construcción del molino de viento antes de tener que jubilarse.

Al principio, en el momento de formular por primera vez las leyes de la Granja Animal, habían fijado en doce años la edad de jubilación para los caballos y los cerdos, en catorce para las vacas, en nueve para los perros, en siete para las ovejas y en cinco para las gallinas y los gansos. Se habían acordado generosas pensiones. Hasta el momento no se había retirado ningún animal, pero últimamente se hablaba cada vez más del tema. Ahora que el pequeño campo detrás de la huerta se había reservado para la cebada, corría el rumor de que se cercaría un rincón de la pradera grande para convertirlo en sitio de pastoreo para animales jubilados. Se decía que para un caballo la pensión sería de cinco libras de maíz por día y, en invierno, quince libras de heno, además de una zanahoria o quizá una manzana los días festivos. Boxeador cumpliría doce años a finales del verano del año siguiente.

Entretanto, la vida resultaba dura. El invierno era tan frío como el anterior y la comida aún más escasa. Redujeron de nuevo las raciones, excepto las de los cerdos y los perros. Una igualdad demasiado rígida en las raciones —explicó Chillón— habría ido en contra de los principios del animalismo. En todo caso, no tenía ninguna dificultad para demostrar a los otros animales que en realidad, a pesar de las apariencias, no carecían de alimentos. Por el momento había sido necesario, sin duda, reajustar las raciones (Chillón siempre hablaba de «reajuste», nunca de «reducción»), pero en comparación con los tiempos de Jones la mejoría era enorme. Leyendo las cifras con voz aguda y rápida, les demostró detalladamente que tenían más avena, más heno, más nabos que en tiempos de Jones, que trabajaban menos horas, que el agua era de mejor calidad, que vivían más tiempo, que una mayor proporción de sus crías sobrevivían a la infancia, que tenían más paja en los establos y sufrían menos las pulgas. Los animales creyeron todo al pie de la letra. A decir verdad, Jones y todo lo que él representaba casi se les había borrado de la memoria. Sabían que la vida ahora era dura y ajustada, que a menudo pasaban hambre y frío y que por lo general trabajaban todo el tiempo que no dormían. Pero en otras épocas seguramente había sido peor. Era lo que les gustaba creer. Además, antes habían sido esclavos y ahora eran libres; como no dejaba de señalar Chillón, esa era una diferencia enorme.

Ahora tenían muchas más bocas que alimentar. En el otoño las cuatro cerdas habían parido casi al mismo tiempo, y había en total treinta y un cerditos. Los cerditos tenían la piel manchada, y como Napoleón era el único verraco de la granja, no costaba adivinar quién era el padre. Se anunció que más adelante, cuando compraran ladrillos y madera, se construiría un aula en el jardín. Por el momento, los cerditos recibían clases del propio Napoleón en la cocina. Hacían ejercicio en el jardín y se les recomendaba no jugar con otros animales jóvenes. También por esa época se estableció como regla que cuando un cerdo y cualquier otro animal se encontraran en el camino, el otro animal debería apartarse; y también que todos los cerdos, sin distinción de rango, tendrían el privilegio de llevar cintas verdes en el rabo los domingos.

La granja había tenido un año bastante exitoso, pero todavía estaba escasa de dinero. Faltaba comprar los ladrillos, la arena y la cal para el aula, y también habría que empezar a ahorrar de nuevo para la maquinaria del molino de viento. Después estaban las lámparas de aceite y las velas para la casa, azúcar para la mesa de Napoleón (prohibió eso a los demás cerdos, alegando que los hacía engordar) y otras cosas necesarias como herramientas, clavos, hilo, carbón, alambre, hierro viejo y galletas para perros. Vendieron una pila de heno y parte de la cosecha de patatas y aumentaron el contrato de los huevos a seiscientos por semana, de modo que ese año las gallinas apenas empollaron polluelos suficientes para mantener la población. Las raciones, reducidas en diciembre, se redujeron de nuevo en febrero, y se prohibió el uso de faroles en los corrales para ahorrar aceite. Pero los cerdos parecían bastante cómodos y, además, se los veía cada vez más gordos. Una tarde de finales de febrero un aroma caliente, intenso y apetitoso, como nunca habían olido los animales, flotó hasta el patio desde la pequeña fábrica de cerveza abandonada en tiempos de Jones y que estaba situada al otro lado de la cocina. Alguien dijo que era el olor que producía la cocción de la cebada. Los animales olfatearon el aire con avidez y se preguntaron si les estarían preparando algún revoltijo caliente para la cena. Pero no apareció nada de eso, y el domingo siguiente se anunció que en adelante toda la cebada estaría reservada para los cerdos. Cebada era lo que habían sembrado ya en el campo detrás de la huerta. Y pronto se filtró la noticia de que cada cerdo estaba recibiendo una ración de una pinta de cerveza diaria, excepto Napoleón, que recibía medio galón, servido siempre en la sopera Crown Derby.

Pero aunque sufrían privaciones, tenían la compensación de una vida más digna. Había más canciones, más discursos y más procesiones. Napoleón había dado la orden de que una vez a la semana se realizara algo llamado Manifestación Espontánea, cuyo objeto era celebrar las luchas y los triunfos de los animales de la Granja Animal. A la hora indicada los animales abandonaban el trabajo y recorrían la granja en formación militar con los cerdos a la cabeza, seguidos por los caballos, las vacas, las ovejas y después las aves de corral. Escoltaban la procesión los perros, y a la cabeza de todos marchaba el gallo negro de Napoleón. Boxeador y Trébol siempre llevaban entre los dos una bandera verde con la pezuña y el cuerno y la leyenda «¡Viva el camarada Napoleón!». Después se recitaban poemas compuestos en honor de Napoleón y Chillón ofrecía en un discurso los detalles de las últimas subidas en la producción de alimentos y, a veces, hacía un disparo con la escopeta. Nadie era más entusiasta de la Manifestación Espontánea que las ovejas, y si alguien se quejaba (como hacían a veces algunos animales cuando no había cerdos o perros cerca) de la pérdida de tiempo y de tener que pasar tantas horas allí de pie, al frío, las ovejas se encargaban de silenciarlo balando ruidosamente: «¡Cuatro patas, sí; dos patas, no!». Pero, en general, los animales disfrutaban de esas celebraciones. Resultaba reconfortante recordar que, después de todo, eran realmente sus propios amos, y que todo lo que hacían era para su propio beneficio. Así, con las canciones, las procesiones, las cifras de Chillón, el trueno de la escopeta, el canto del gallo y el ondeo de la bandera podían, al menos parte del tiempo, olvidar que tenían la barriga vacía.

En abril, la Granja Animal fue proclamada república, y necesitaban elegir a un presidente. Había un solo candidato, Napoleón, a quien eligieron por unanimidad. El mismo día se anunció el descubrimiento de nuevos documentos que revelaban más detalles sobre la complicidad de Bola de Nieve con Jones. Ahora parecía que Bola de Nieve no solo había intentado perder la Batalla del Establo mediante una estratagema —como imaginaban los animales—, sino que había luchado abiertamente en el bando de Jones. De hecho, era él quien había liderado las fuerzas humanas y entrado en la batalla con las palabras «¡Viva la humanidad!» en los labios. Las heridas en el lomo de Bola de Nieve, que algunos de los animales aún recordaban haber visto, las habían causado los dientes de Napoleón.

A mediados del verano Moisés, el cuervo, reapareció de repente en la granja, después de una ausencia de varios años. Casi no había cambiado, seguía sin trabajar y decía lo mismo de siempre acerca del Monte Caramelo. Se posaba en un tocón, batía las alas negras y hablaba durante horas enteras con quien quisiera escucharlo.

—Allá arriba, camaradas —decía muy serio, señalando

al cielo con el largo pico—, allá arriba, detrás de esa nube oscura, está el Monte Caramelo, el país feliz en el que, pobres animales, descansaremos para siempre de nuestros esfuerzos.

Hasta decía haber estado allí en uno de sus vuelos más altos, y haber visto los eternos campos de trébol y el pastel de linaza y los terrones de azúcar que crecían en los setos. Muchos de los animales le creían. Si tenían ahora una vida de hambre y de trabajo, ¿no era acaso justo que existiera un mundo mejor en algún otro sitio? Una cosa difícil de determinar era la actitud de los cerdos hacia Moisés. Todos declaraban con desprecio que esas historias del Monte Caramelo eran mentiras; sin embargo, se le permitía permanecer en la granja, sin trabajar, con una ración diaria de media pinta de cerveza.

Con el casco curado, Boxeador trabajó más duro que nunca. De hecho, ese año todos los animales trabajaron como esclavos. Aparte del trabajo normal de la granja, y la reconstrucción del molino de viento, estaba la escuela para los cerdos jóvenes, que empezaron a levantar en marzo. A veces costaba soportar las largas horas con insuficiente comida, pero Boxeador nunca vacilaba. En nada de lo que decía o hacía se veían señales de que hubieran menguado sus fuerzas. Solo su apariencia había cambiado un poco; le brillaba menos la piel y parecía que se le habían encogido las ancas. «Boxeador se repondrá cuando salga la hierba de primavera», decían los demás, pero al llegar la primavera Boxeador no engordó. A veces, en la ladera que llevaba a la parte superior de la cantera, cuando empleaba los músculos para arrastrar alguna piedra enorme, parecía que solo lo mantenía en pie la voluntad de continuar. A veces parecía formar con los labios las palabras «Trabajaré más duro», pero había perdido la voz. Trébol y Benjamín le pidieron de nuevo que cuidara su salud, pero Boxeador no les hizo caso. Se acercaba su cumpleaños número doce. No le importaba lo que pudiera pasar si lograba acumular una buena reserva de piedras antes de jubilarse.

Un día de verano, al anochecer, un repentino rumor recorrió la granja: algo le había sucedido a Boxeador. Había salido solo a arrastrar una carga de piedra hasta el molino. Y, efectivamente, el rumor era cierto. Unos minutos más tarde llegaron dos palomas con la noticia:

—¡Boxeador se ha caído! ¡Está tendido en el suelo y no puede levantarse!

Más o menos la mitad de los animales de la granja salieron corriendo hacia la loma donde construían el molino de viento. Allí estaba Boxeador, en el suelo, entre las varas del carro, con el cuello estirado, sin poder levantar la cabeza. Tenía los ojos vidriosos, los flancos empapados en sudor. De la boca le brotaba un hilo de sangre. Trébol se arrodilló a su lado.

—¡Boxeador! —exclamó—. ¿Cómo estás?

—Es el pulmón —dijo Boxeador con voz débil—. No importa. Creo que podréis terminar el molino sin mí. Hay una buena cantidad de piedra acumulada. De todos modos, solo me quedaba un mes. A decir verdad, había estado esperando la jubilación. Y como Benjamín también está envejeciendo quizá le permitan jubilarse al mismo tiempo y hacerme compañía.

—Tenemos que conseguir ayuda inmediatamente —dijo Trébol—. Que alguien corra a contarle a Chillón lo que ha sucedido.

Los demás animales corrieron de inmediato a la casa a darle la noticia a Chillón. Solo quedaron allí Trébol y Benjamín, que se echó al lado de Boxeador y, sin decir nada, le ahuyentaba las moscas con la larga cola. Al cuarto de hora apareció Chillón, muy preocupado y apenado. Dijo que el camarada Napoleón se había enterado con mucho dolor de esa desgracia sufrida por uno de los trabajadores más leales de la granja y que estaba haciendo los preparativos para enviar a Boxeador al hospital de Willingdon, donde sería tratado. Eso preocupó un poco a los animales. Con excepción de Marieta y Bola de Nieve, ningún otro animal había salido jamás de la granja, y no les gustaba la idea de que su camarada enfermo terminara en manos de los seres humanos. Sin embargo, Chillón los convenció con facilidad de que el veterinario de Willingdon trataría a Boxeador de manera más satisfactoria que si lo dejaban en la granja. Una media hora más tarde, cuando Boxeador se hubo recuperado un poco, lo ayudaron a ponerse con esfuerzo de pie, y logró volver cojeando al establo, donde Trébol y Benjamín le habían preparado una buena cama de paja.

Durante los dos días siguientes, Boxeador no salió de su establo. Los cerdos habían enviado una botella grande de medicamento rosado encontrado en el botiquín del baño, y Trébol se lo administraba a Boxeador dos veces al día después de las comidas. Por la noche ella se echaba a su lado para conversar, mientras que Benjamín le espantaba las moscas. Boxeador declaraba no sentirse arrepentido de lo que había sucedido. Si se reponía bien, podría llegar a vivir otros tres años, y esperaba con ilusión los tranquilos días que pasaría en un rincón del prado. Sería la primera vez que tendría tiempo para estudiar y cultivar la mente. Decía que pensaba dedicar el resto de su vida a aprender las veintidós letras restantes del alfabeto.

Sin embargo, Benjamín y Trébol solo podían acompañar a Boxeador después de las horas de trabajo, y fue al mediodía cuando llegó el furgón para llevárselo. Todos los animales estaban desherbando los nabos bajo la supervisión de un cerdo cuando vieron con asombro que por el lado de los edificios aparecía Benjamín al galope, rebuznando con todas sus fuerzas. Era la primera vez que veían a Benjamín agitado; de hecho, era la primera vez que lo veían galopar.

—¡Rápido, rápido! —gritó—. ¡Venid! ¡Se llevan a Boxeador!

Sin esperar órdenes del cerdo, los animales interrumpieron lo que estaban haciendo y echaron a correr hacia los edificios de la granja. Efectivamente, en el patio había un furgón grande, cerrado, tirado por dos caballos, con un letrero en el costado y un hombre de aspecto taimado, con bombín, sentado en el pescante. Y el establo de Boxeador estaba vacío.

Los animales rodearon el furgón.

—¡Adiós, Boxeador! —dijeron a coro—. ¡Adiós!

—¡Estúpidos! ¡Estúpidos! —gritó Benjamín, corcoveando alrededor y pateando el suelo con los pequeños cascos—. ¡Estúpidos! ¿No veis lo que está escrito en el costado del furgón?

Eso hizo vacilar a los animales, que se quedaron callados. Muriel empezó a deletrear las palabras. Pero Benjamín la apartó y en medio de un silencio sepulcral leyó:

—«Alfred Simmonds, matarife de caballos y fabricante de cola, Willingdon. Comerciante de cueros y harina de huesos. Servicio de perrera.» ¿No entendéis lo que significa? ¡Llevan a Boxeador al matadero!

Los animales soltaron al unísono un grito de horror. En ese momento el hombre sentado en el pescante fustigó a los caballos y el furgón salió del patio a trote rápido. Todos los animales lo siguieron, desgañitándose. Trébol se abrió paso hasta la primera fila. El furgón empezó a acelerar. Trébol trató de obligar sus robustos miembros a galopar, y logró un medio galope.

—¡Boxeador! —gritó—. ¡Boxeador! ¡Boxeador! ¡Boxeador!

Y en ese momento, como si hubiera oído el alboroto fuera del furgón, la cara de Boxeador, con la raya blanca en la nariz, apareció en la ventanilla de la parte trasera del vehículo.

—¡Boxeador! —gritó Trébol con terrible potencia—. ¡Boxeador! ¡Sal de ahí! ¡Rápido! ¡Te llevan a la muerte!

Todos los animales repitieron el grito de «¡Boxeador, sal de ahí, Boxeador!», pero el furgón avanzaba cada vez a mayor velocidad, alejándose de ellos. No estaba claro si Boxeador había entendido las palabras de Trébol. Pero un instante más tarde su rostro desapareció de la ventanilla y se oyó el tremendo tamborileo de cascos dentro del furgón. Estaba tratando de salir de allí a patadas. En otros tiempos los cascos de Boxeador habrían reducido a astillas el vehículo. Pero, ¡ay!, las fuerzas lo habían abandonado, y en unos instantes el sonido del tamborileo se fue debilitando hasta cesar. Desesperados, los animales empezaron a pedir a los dos caballos que tiraban del furgón que se detuvieran.

—¡Camaradas, camaradas! —gritaron—. ¡No llevéis a vuestro propio hermano a la muerte!

Pero las estúpidas bestias, demasiado ignorantes para darse cuenta de lo que pasaba, no hicieron más que aplastar las orejas contra la cabeza y acelerar el paso. La cara de Boxeador no volvió a aparecer en la ventanilla. Demasiado tarde, a alguien se le ocurrió adelantarse al furgón y cerrar la puerta de la granja, pero el vehículo la atravesó en un instante, antes de desaparecer con rapidez en la carretera. Nunca más vieron a Boxeador.

Tres días después se anunció que había muerto en el hospital de Willingdon, a pesar de recibir todas las atenciones a las que un caballo puede aspirar. Chillón salió a dar la noticia a los demás. Según dijo, había estado con Boxeador durante sus últimas horas.

—¡Fue la escena más conmovedora que he visto jamás! —dijo Chillón, levantando la pezuña y enjugándose una lágrima—. Estuve a su lado en el último momento. Y al final, casi demasiado débil para hablar, me susurró al oído que solo una cosa le producía dolor: tener que dejarnos antes de terminar el molino. «¡Adelante, camaradas!», musitó. «Adelante en nombre de la Rebelión. ¡Viva la Granja Animal! ¡Viva el camarada Napoleón! Napoleón siempre tiene razón.» Esas fueron sus últimas palabras, camaradas.

De repente, la actitud de Chillón cambió. Calló un instante, y antes de continuar sus ojillos lanzaron miradas de desconfianza a un lado y a otro.

Estaba enterado, dijo, de que había circulado un estúpido y malvado rumor en el momento del traslado de Boxeador. Algunos animales habían notado que en el furgón que llevaba a Boxeador había un letrero que decía «Matarife de caballos», y habían llegado a la conclusión de que mandaban a Boxeador al matadero. Casi resultaba increíble —dijo Chillón— que algún animal pudiera ser tan estúpido. ¿Es que no conocéis, gritó indignado, moviendo la cola y balanceándose, es que no conocéis a vuestro querido líder, el camarada Napoleón? Había una explicación muy sencilla. El furgón, antes propiedad del matarife, había sido comprado por el veterinario, que aún no había cambiado el letrero. Así surgió el error.

Esa noticia alivió mucho a los animales. Y cuando Chillón dio más detalles de la agonía de Boxeador, de la admirable atención que había recibido y de los caros medicamentos que Napoleón había pagado sin pensar en el costo, desaparecieron sus últimas dudas, y la idea de que al menos había muerto contento atenuó el dolor que sentían por la desaparición del camarada.

El propio Napoleón asistió a la reunión del siguiente domingo por la mañana y pronunció un breve discurso en homenaje a Boxeador. Explicó que no habían podido traer los restos de su llorado camarada para enterrarlos en la granja, pero había ordenado que se preparara una gran corona con laureles del jardín y se colocara sobre la tumba del caballo. Y los cerdos tenían previsto celebrar en unos días un banquete conmemorativo en honor de Boxeador. Napoleón terminó el discurso recordando las dos máximas favoritas de Boxeador: «Trabajaré más duro» y «El camarada Napoleón siempre tiene razón», máximas que, dijo, todo animal haría bien en adoptar como propias.

El día fijado para el banquete llegó desde Willingdon un vehículo de reparto que dejó en la casa una gran caja de madera. Esa noche se oyeron ruidosos cantos, seguidos por algo parecido a una violenta disputa que terminó a eso de las once con un tremendo estruendo de cristales rotos. Nadie se movió allí dentro hasta el mediodía siguiente, y se rumoreaba que de algún lado los cerdos habían sacado el dinero para comprarse otra caja de whisky.

X

Pasaron los años. Fueron y vinieron las estaciones, se consumieron las cortas vidas de los animales. Llegó un momento en que no quedaba nadie —fuera de Trébol, Benjamín, el cuervo Moisés y algunos cerdos— que recordara los viejos tiempos anteriores a la Rebelión.

Muriel había muerto; Campanilla, Jésica y Chispa habían muerto. También había muerto Jones, en un hogar para borrachos en otra parte del país. Habían olvidado a Bola de Nieve. Habían olvidado a Boxeador, salvo los pocos que lo habían conocido. Trébol era ahora una yegua robusta y vieja, con las articulaciones entumecidas y los ojos legañosos. Tenía dos años más de la edad necesaria para jubilarse, pero en realidad ningún animal se había jubilado nunca. Hacía ya tiempo que no se hablaba más de reservar un rincón de la pradera para quienes se retiraran. Napoleón era ahora un verraco maduro de ciento cincuenta kilos. Chillón estaba tan gordo que apenas veía. Solo el viejo Benjamín era casi el mismo de siempre, apenas un poco más canoso en el hocico y, desde la muerte de Boxeador, más huraño y taciturno que nunca.

Había muchas más criaturas que antes en la granja, aunque el aumento no era tan grande como se había previsto en los primeros años. Para muchos allí nacidos, la Rebelión era solo una vaga tradición, transmitida de boca en boca; otros, comprados, nunca habían oído hablar de ese tema antes de su llegada. La granja poseía ahora tres caballos además de Trébol. Eran animales honrados, trabajadores dispuestos y buenos camaradas, pero muy estúpidos. Ninguno de ellos demostraba ser capaz de aprender el alfabeto más allá de la letra B. Aceptaban todo lo que se les decía acerca de la Rebelión y los principios del animalismo, sobre todo si venía de Trébol, por la que tenían un respeto casi filial, pero costaba creer que entendieran mucho de lo que se les explicaba.

La granja era más próspera y estaba mejor organizada; se había ampliado con dos campos comprados al señor Pilkington. El molino de viento estaba por fin terminado y la granja poseía una trilladora y un silo, y se le habían añadido varios edificios nuevos. Whymper se había comprado un carruaje descubierto. Pero, después de todo, el molino de viento no había sido utilizado para generar energía eléctrica. Se utilizaba para moler maíz, y producía importantes beneficios monetarios. Los animales trabajaban intensamente en la construcción de un nuevo molino; se decía que cuando estuviera terminado se instalarían las dinamos. Pero ya no se hablaba de los lujos con los que alguna vez Bola de Nieve había enseñado a soñar a los animales: los establos con luz eléctrica y agua caliente y fría, y la semana de tres días. Napoleón había denunciado esas ideas como contrarias al espíritu del animalismo. La verdadera felicidad, decía, radica en trabajar duro y vivir frugalmente.

Parecía, de alguna manera, que la finca se había enriquecido sin hacer más ricos a los propios animales... excepto, claro está, a los cerdos y a los perros. Eso quizá se debía en parte a la cantidad de cerdos y de perros que había. No era que esas criaturas no trabajaran, a su manera. Como Chillón nunca se cansaba de explicar, la supervisión y la organización de la granja requerían un esfuerzo interminable. Gran parte de ese trabajo era de una naturaleza que los demás animales, con su ignorancia, no podían entender. Por ejemplo, Chillón les contaba que los cerdos tenían que afanarse todos los días con cosas misteriosas llamadas «archivos», «informes», «minutas» y «notas». Eran grandes hojas de papel que debían cubrir con una apretada escritura, y una vez escritas las quemaban en el horno. Eso, explicaba Chillón, era de suma importancia para el bienestar de la granja. Sin embargo, ni los cerdos ni los perros producían alimentos con su trabajo, y había muchos, y siempre tenían buen apetito.

En cuanto a los demás, su vida, hasta donde ellos sabían, era la misma de siempre. Por lo general tenían hambre, dormían sobre paja, bebían en el abrevadero, trabajaban en los campos; en invierno les molestaba el frío y en verano las moscas. A veces los más viejos buscaban entre los vagos recuerdos tratando de determinar si en los primeros tiempos de la Rebelión, cuando la expulsión de Jones era aún reciente, las cosas habían sido mejores o peores que en ese momento. No recordaban. No tenían con qué comparar su vida actual, fuera de las estadísticas de Chillón, según las cuales todo iba cada vez mejor. Para los animales era un problema insoluble, pero ahora tenían poco tiempo para pensar en esas cosas. Solo el viejo Benjamín afirmaba recordar cada detalle de su larga vida y saber que las cosas nunca habían sido ni podrían ser mucho mejores o peores; el hambre, la miseria y la decepción eran, decía, inalterables leyes de la vida.

Sin embargo, los animales nunca perdían la esperanza. Más aún, nunca perdían, ni por un instante, la sensación de honor y privilegio de pertenecer a la Granja Animal. La suya seguía siendo la única granja ¡en toda Inglaterra! cuyos dueños y administradores eran animales. Ninguno de ellos, ni los más jóvenes, ni los recién llegados, traídos de granjas a diez o veinte millas de distancia, dejaban de asombrarse. Y cuando oían el estampido de la escopeta y veían la bandera verde ondeando en el mástil, se les henchía el corazón de imperecedero orgullo, y las conversaciones siempre volvían a los viejos y heroicos tiempos, a la expulsión de Jones, a la escritura de los siete mandamientos, a las grandes batallas en las que habían derrotado a los invasores humanos. No habían renunciado a ninguno de los viejos sueños. Todavía creían en la República de los Animales que el Comandante había anunciado, cuando ningún pie humano hollaría los verdes campos de Inglaterra. Llegaría algún día: quizá no pronto, quizá no en vida de ninguno de los animales presentes, pero sí llegaría. Quizá hasta se tarareaba en secreto, aquí y allá, la canción «Bestias de Inglaterra»: en cualquier caso, era un hecho que todos los animales de la granja la conocían, aunque nadie se hubiera atrevido a cantarla en voz alta. Su vida podía ser dura y no haberse cumplido todas sus esperanzas, pero tenían conciencia de que no eran como otros animales. Si pasaban hambre, no era por alimentar a seres humanos tiránicos; si trabajaban duro, al menos lo hacían para su propio beneficio. Entre ellos, nadie andaba sobre dos patas. Entre ellos nadie llamaba a otro «amo». Todos los animales eran iguales.

Un día de principios de verano, Chillón ordenó a las ovejas que lo siguieran y las condujo a un descampado en el otro extremo de la finca, cubierto de brotes de abedul. Las ovejas pasaron allí todo el día alimentándose con las hojas bajo la supervisión de Chillón. Al anochecer, el cerdo volvió a la casa, pero como hacía calor pidió a las ovejas que se quedaran donde estaban. Terminaron pasando allí toda una semana, durante la cual los demás animales no las vieron. Chillón se quedaba con ellas la mayor parte del día. Decía que les estaba enseñando a cantar una nueva canción, para lo cual se necesitaba privacidad.

Una tarde agradable, poco después del regreso de las ovejas, cuando los animales habían terminado el trabajo y se dirigían a los edificios de la granja, llegó desde el patio el aterrorizado relincho de un caballo. Asustados, los animales se detuvieron. Era la voz de Trébol, que relinchó de nuevo, y entonces todos los animales comenzaron a galopar y entraron a toda velocidad en el patio. Allí vieron lo que había visto Trébol.

Un cerdo caminando sobre las patas traseras.

Sí, era Chillón. Con cierta torpeza, como si le faltara costumbre para mantener su considerable corpulencia en esa posición, pero con perfecto equilibrio, se paseaba por el patio. Un momento más tarde, por la puerta de la casa, salió una larga fila de cerdos, todos caminando sobre las patas traseras. Algunos lo hacían mejor que otros, a uno o dos se los veía todavía un poco inestables y parecía como si les hubiera gustado apoyarse en un bastón, pero todos recorrieron el patio con éxito.

Finalmente se oyó un tremendo aullido de perros y un agudo cacareo del gallo negro; entonces salió el propio Napoleón, majestuosamente erguido, lanzando miradas altivas a un lado y a otro, con los perros brincando alrededor.

Llevaba un látigo en la pezuña.

Se produjo un silencio mortal. Asombrados, aterrorizados, apiñados, los animales observaron cómo la larga fila de cerdos avanzaba lentamente por el patio. Era como si el mundo se hubiera vuelto del revés. Al agotarse la primera impresión, hubo un momento en el que, a pesar de todo —el terror a los perros y la costumbre, perfeccionada durante largos años, de no quejarse, no criticar, pasara lo que pasase—, podrían haber emitido alguna palabra de protesta. Pero en ese momento, como obedeciendo a una señal, todas las ovejas se pusieron a balar estentóreamente:

—¡Cuatro patas, sí; dos patas, mejor! ¡Cuatro patas, sí; dos patas, mejor! ¡Cuatro patas, sí; dos patas, mejor!

Los balidos se prolongaron durante cinco incesantes minutos. Y para cuando se hubieron callado las ovejas, la posibilidad de expresar alguna protesta había pasado, porque los cerdos ya habían vuelto a entrar en la casa.

Benjamín sintió que una nariz le acariciaba el hombro. Se volvió para mirar. Era Trébol. Los viejos ojos de la yegua parecían más apagados que nunca. Sin decir nada, ella le tiró con suavidad de la crin y lo llevó hasta el extremo del establo principal, donde estaban escritos los siete mandamientos. Durante un par de minutos se quedaron mirando la pared pintada con letras blancas.

—Estoy perdiendo la vista —dijo finalmente—. Ni siquiera de joven hubiera podido leer lo que está escrito ahí. Pero me parece que esa pared se ve diferente. Los siete mandamientos ¿son los mismos de antes, Benjamín?

Por una vez, Benjamín aceptó quebrantar sus normas y le leyó lo que estaba escrito en la pared. Ahora no había allí más que un solo mandamiento, que decía:

TODOS LOS ANIMALES
SON IGUALES,
PERO ALGUNOS ANIMALES
SON MÁS IGUALES
QUE OTROS.

Después de eso, al día siguiente no pareció nada extraño que todos los cerdos que supervisaban el trabajo de la granja llevaran látigos en las pezuñas. No pareció extraño descubrir que los cerdos se habían comprado un aparato de radio, que se disponían a instalar un teléfono y que se habían suscrito a *John Bull*, *Tit-Bits* y el *Daily Mirror*. No pareció extraño ver a Napoleón paseando por el jardín de la casa con una pipa en la boca; no, ni siquiera cuando los cerdos sacaron de los armarios la ropa del señor Jones y se la pusieron, y el propio Napoleón apareció con un abrigo negro, pantalones de caza y polainas de cuero, mientras su cerda favorita aparecía con el vestido de muaré que la señora Jones solía ponerse el domingo.

Una semana después, una tarde, llegaron a la granja una serie de carruajes descubiertos. Habían invitado a una delegación de agricultores vecinos a hacer una visita de inspección. Mientras recorrían la granja, esos agricultores expresaron gran admiración por todo lo que veían, especialmente por el molino de viento. Los animales estaban quitando las malas hierbas de los campos de nabos. Trabajaban con diligencia, casi sin levantar la cara de la tierra y sin saber a quiénes temer más, si a los cerdos o a los visitantes humanos.

Esa noche resonaron en la casa ruidosas canciones y carcajadas. De repente, al oír la mezcla de voces, los animales sintieron una gran curiosidad. ¿Qué podría estar sucediendo allí, ahora que por primera vez animales y seres humanos se reunían en condiciones de igualdad? De común acuerdo, empezaron a deslizarse lo más silenciosamente posible hasta el jardín.

Se detuvieron en la entrada, medio asustados, pero Trébol se puso al frente y avanzaron de puntillas. Los animales más altos miraron por la ventana del comedor. Allí, alrededor de la larga mesa, estaban sentados media docena de granjeros y media docena de los cerdos más eminentes; el propio Napoleón ocupaba el puesto de honor en la cabecera. Los cerdos parecían completamente a gusto. El grupo había estado disfrutando de una partida de naipes, que acababan de interrumpir sin duda para hacer un brindis. Tenían una jarra grande, de la que servían cerveza en los vasos. Nadie se fijaba en las perplejas caras de los animales que miraban por la ventana.

El señor Pilkington, de Monterraposo, se había puesto de pie con el vaso en la mano. En un momento, dijo, propondría un brindis. Pero sentía que antes tenía que decir unas palabras.

Era para él motivo de gran satisfacción, compartida sin duda por todos los presentes, dijo, advertir que un largo período de desconfianza y malentendidos había llegado a su fin. No había faltado la época en la que los vecinos humanos veían a los respetados propietarios de la Granja Animal no diría que con hostilidad, pero sí quizá con cierto grado de recelo, sentimiento siempre ajeno, por supuesto, a él y al resto de los presentes. Se habían producido desafortunados incidentes y se habían sostenido ideas equivocadas. Se pensaba que la existencia de una finca donde los dueños y administradores eran cerdos constituía una anormalidad y podía tener un efecto perturbador en el vecindario. Demasiados agricultores habían supuesto, sin informarse, que en una finca de esas características predominaría un espíritu de libertinaje e indisciplina. Les asustaban los posibles efectos sobre sus propios animales, o incluso sobre sus empleados humanos. Pero ahora se habían disipado todas esas dudas. Ahora él y sus amigos habían visitado la granja e inspeccionado cada rincón con sus propios ojos, y ¿qué habían encontrado? No solo los métodos más actualizados, sino una disciplina y un orden que debería ser ejemplo para todos los granjeros de todas partes. Creía que no se equivocaba al decir que los animales inferiores de la Granja Animal trabajaban más y recibían menos comida que cualquier otro animal del condado. De hecho, él y los demás visitantes habían observado muchas características que se proponían introducir de inmediato en sus propias fincas.

Para terminar, añadió, quería hacer hincapié de nuevo en el sentimiento amistoso que existía y debería seguir existiendo entre la Granja Animal y sus vecinos. Entre los cerdos y los seres humanos no había, y no tenía que haber, ningún conflicto de intereses. Sus luchas y sus dificultades eran las mismas. ¿Acaso el problema laboral no es el mismo en todas partes? Pareció que el señor Pilkington estaba a punto de soltar alguna ocurrencia cuidadosamente preparada, pero por un momento le produjo tanta hilaridad que no pudo contarla. Después de mucho reír y toser, mientras se le enrojecían las diversas papadas, logró por fin hablar:

—¡Usted tiene que lidiar con los animales inferiores —dijo—, y nosotros con las clases inferiores!

Esa agudeza los hizo reír con ganas, y el señor Pilkington volvió a felicitar a los cerdos por las bajas raciones, las largas horas de trabajo y la ausencia general de mimos que había observado en la Granja Animal.

Y ahora, dijo por último, pediría a los invitados que se levantaran y se aseguraran de tener los vasos llenos.

—Señores —concluyó el señor Pilkington—, señores, propongo un brindis: ¡por la prosperidad de la Granja Animal!

Hubo vítores entusiastas y golpes en el suelo. Napoleón

estaba tan contento que dejó su lugar y caminó alrededor de la mesa para entrechocar el vaso con el del señor Pilkington antes de vaciarlo. Cuando terminaron los aplausos, Napoleón, que se había quedado de pie, dio a entender que también él quería decir unas palabras.

El discurso, como todos los suyos, fue breve y al grano. También él estaba contento, dijo, de que hubiera llegado a su fin el período de incomprensión. Durante mucho tiempo habían circulado rumores —difundidos, había que pensar, por algún malvado enemigo— según los cuales su actitud y la de sus colegas tenía algo de subversivo, incluso de revolucionario. Se les había atribuido el intento de incitar a la rebelión a los animales de las granjas vecinas. ¡Nada más lejos de la verdad! Su único deseo, ahora y en el pasado, era vivir en paz y mantener relaciones comerciales normales con los vecinos. Esa granja que tenía el honor de controlar, añadió, era una empresa cooperativa. Compartían su propiedad —los títulos estaban en su poder— todos los cerdos.

No creía, dijo, que aún persistieran las viejas sospechas, pero algunos cambios introducidos últimamente en la rutina de la granja tendrían que reforzar aún más la confianza. Hasta ese momento los animales de la granja habían tenido la estúpida costumbre de tratarse entre ellos de «camarada». Se prohibiría ese saludo. También había una costumbre muy rara, de origen desconocido, que consistía en desfilar todos los domingos por la mañana ante la calavera de un cerdo clavada en un poste del jardín. También eso se prohibiría, y ya habían enterrado la calavera. Las visitas también se habrían fijado en la bandera verde que ondeaba en lo alto del mástil. Si lo habían hecho, quizá habrían notado que la pezuña y el cuerno blancos que antes la adornaban habían sido eliminados. En adelante sería simplemente una bandera verde. Solo tenía una crítica que hacer, dijo, a la excelente y amable intervención del señor Pilkington. El señor Pilkington había hablado todo el tiempo de la «Granja Animal». No podía, por supuesto, saberlo, porque él, Napoleón, lo anunciaba ahora por primera vez: quedaba prohibido el nombre «Granja Animal». En adelante la granja se conocería como la «Granja Solariega», que según él era el nombre original y correcto.

—Señores —concluyó Napoleón—, propondré el mismo brindis de antes, pero con una diferencia. Que cada uno llene el vaso hasta el borde. Señores, este es mi brindis: ¡por la prosperidad de la Granja Solariega!

Se oyeron los mismos efusivos vítores y se vaciaron los vasos de un trago. Pero a los animales que miraban la escena desde fuera les pareció que algo raro pasaba. ¿Qué sería lo que había alterado los rostros de los cerdos? Los ojos viejos y nublados de Trébol saltaban de uno a otro. Algunos tenían cinco papadas, algunos cuatro, algunos tres. ¿Qué sería aquello que parecía derretirse y transformarse? Al terminar los aplausos, los invitados recogieron los naipes y continuaron la partida interrumpida, y los animales se alejaron en silencio.

Pero apenas habían dado unos pasos cuando se detuvieron en seco. De la casa salía un alboroto de voces. Volvieron corriendo y miraron de nuevo por la ventana. Sí, todos se estaban peleando de manera violenta. Había gritos, golpes en la mesa, miradas desconfiadas, negativas furiosas. El origen del problema estaba, al parecer, en que Napoleón y el señor Pilkington habían jugado al mismo tiempo un as de espadas.

Doce voces indignadas gritaban, y todas eran iguales. Lo que había ocurrido en los rostros de los cerdos era ahora evidente. Los animales que estaban fuera miraban a un cerdo y después a un hombre, a un hombre y después a un cerdo y de nuevo a un cerdo y después a un hombre, y ya no podían saber cuál era cuál.

Nota sobre el texto y la traducción

La edición original de *Rebelión en la granja* fue publicada en el Reino Unido el 17 de agosto de 1945 por la editorial Secker & Warburg. En el clima de fines de la Segunda Guerra Mundial, varias editoriales habían rechazado el texto por motivos políticos, haciendo gala de una cautela que se parecía bastante a la censura, como señaló el propio Orwell en el prefacio con que se abre el presente volumen. Curiosamente, ni la primera edición británica ni la estadounidense publicada al año siguiente recogieron el prefacio mismo, que permaneció inédito hasta que se redescubrió el manuscrito en 1971. Al cabo, el texto vio la luz en septiembre de 1972 en *The Times Literary Supplement*, con una nota introductoria de Bernard Crick, que unos años después se convertiría en el primer biógrafo de Orwell.

La llegada de la novela a España también debió sortear problemas de censura. Nos consta que en los años cincuenta se comercializó en el país una traducción argentina de 1948, pero no se encargaron traducciones al castellano hasta finales de la década de los sesenta. De las varias posteriores, ofrecemos la más reciente, publicada en Debolsillo por primera vez en 2013, con firma de Marcial Souto, un gran experto en ciencia ficción cuya sintonía con el lenguaje satírico de Orwell difícilmente sea superable. Además, nuestra edición incorpora las aportaciones del profesor Peter Davison, que fijó el texto inglés de las obras completas del autor publicadas en 1987.

Los editores